I0667681

www.ingramcontent.com/pod-product-compliance
Lightning Source LLC
Chambersburg PA
CBHW030131260626
47156CB00008B/2898
9781990157301

|انتشارات انار|

| سید محمود حسینی | از داستان‌های ایران - ۱۱

زمستان مادرخوانده

کنون، ای سخن گوی بیدار مغز
یکی داستانی بیارای، نغز

زمستان مادرخوانده

از داستان‌های ایران-۱۱
نویسنده: سید محمود حسینی
دبیر بخش «از داستان‌های ایران»: بنفشه حجازی
مدیر هنری و طراح گرافیک: عبدالرضا طبیبیان
چاپ اول: تابستان ۱۴۰۱، مونترال، کانادا
شابک: ۹۷۸-۱-۹۹۰۱۵۷-۳۰-۱
مشخصات ظاهری کتاب: ۱۴۰ برگ
قیمت: ۱۳ £ - ۱۴ € - ۲۰ CAD $ - ۱۵ US $

|انتشارات انار|
نشانی: 746A, Plymouth Av., Montreal, QC, Canada
کدپستی: H4P 1B1
ایمیل: pomegranatepublication@gmail.com
اینستاگرام: pomegranatepublication

پیشکش به

مریم بانو پارسی‌پور

مهنوش صادقی

و

تمام دختران و زنان رنج کشیده‌ی سرزمینم...

فهرست برگ

یکم

آن روز صبح ...

به طرف مرد دانه‌فروش که بوجی‌های گندم و دانه‌هایش را مقابل کفترخانه، بر روی زمین می‌گذاشت، رفتم. سلام کردم و گفتم:

ـ کاکا یک کاسه گندم بده که برای کفترها پاش بدهم!

درحالی‌که کاسه‌هایش را از میان خَریطه‌اش بیرون می‌آورد، سرش را به طرفم گرفت و گفت:

ـ سلام عالیک جانِ کاکا. خوب اَستی؟

گاهی کفترها از بالای دیوارِ کفترخانه، به روی زمین می‌نشستند و بعضی‌هایشان به آسمان می‌پریدند و اوج می‌گرفتند. می‌خواستم به نیت شفای چشم‌های محبوبه، دانه پاش بدهم.

غرق در افکارم بودم که صدای بلند دانه‌فروش مرا به خود آورد که می‌گفت:

- امروزکه پنجشنبه و روز خیرات برای اموات نیست، از برای چی می‌خواهی دانه پاش بدهی؟

و من دوباره به یاد محبوبه افتادم و مادرم که پارچه‌ی سفید را به چایی سرد، تَر می‌کرد و چشم‌هایش را می‌شست و می‌گفت:

- اگر این طفل بی‌گناه را زودتر تَداوی نکنیم، کور می‌شود...

گفتم:

- کاکا...! بوت‌هایت را بِکَش تا رنگ کنم...!

درحالی‌که با صدای بلند می‌خندید، کمرش را راست کرد و از جیب واسکَتش، قوطی نَسوارش را بیرون آورد و گفت:

- بوت‌هایم رفتنی هَستند. روزگارشان رَقم صاحبشان پوره شده، به شاخ کوه رسیده.

می‌خندید و دندان‌های زرد و بزرگش را نمایان می‌کرد. یک کَش ناس به دهانش انداخت و کاسه را پُرکرد و به طرفم گرفت و گفت:

- غم نخور جانِ کاکا... بیا این خیراتِ امروز من، از برای تو باشد...

دلشاد شده بودم. کاسه راگرفته و تیز به طرف کفترها دویده بودم. آسمان را که دیدم، احساس کردم مُرادِ دلم حاصل شده است. دسته‌ای ازکفترهای سفید، به دورگنبد فیروزه‌ای شاه مردان می‌چرخیدند و در آسمان اوج می‌گرفتند. آرزو کرده بودم، یکی از آن‌ها روی سرم بنشیند. مادرم می‌گفت که از مادرکَلانش شنیده؛ اگرکفترِ سفید شاه مردان روی سَرِکسی بنشیند، تمام آرزوهایش برآورده می‌شود. گندم را پاش دادم. کفترها از بالای دیوارکفترخانه، به پایین می‌پریدند و دانه می‌چیدند. یک مُشت گندم، نزدیک پایم ریخته بودم تاکفترها نزدیک‌تر شوند. نشستم و یکی ازآن‌ها راگرفتم و به آسمان پروازدادم تا چشم‌های محبوبه زودتر خوب شوند.

کاسه را روی میز دانه‌فروش گذاشتم. جعبه‌ی واکسم را برداشتم، تشکرکردم و به طرف دروازه‌ی روضه رفتم تاکنار خیابان، مصروف کار روزانه‌ام بِشَوم!

آن روزازاوایل صبح بودکه تَک و توک، صدای فَیر می‌شنیدم.

دانه‌فروش می‌گفت:

-معلوم نیست بازکدام حزب با جبهه‌ی متحد نساخته و جنگ بین‌شان در گرفته است.

خورشید به وسط آسمان نرسیده بودکه هرج و مرج و آشفتگی درشهر به وجود آمده بود. مردم وحشت‌زده می‌دویدند و خیابان پر بود ازموتَرهایی که به هر سوی می‌رفتند. آن روز وحشت زیادی به جانم افتاده بود. وسایلم را به زحمت از زیر پاهای مردمِ هراسان جمع کرده بودم.

کم‌کم صدای فَیر مَرمی‌ها، نزدیک و نزدیک‌تر می‌شد و بَیرق‌های سفید را می‌دیدم که ازطرف پُل تصدی به سوی مرکز شهر می‌آمدند. لُنگی‌های سیاه با بیرق‌های سفید، به افراد ملکی و غیرنظامی درکوچه‌ها و سَرَک‌ها فَیر می‌کردند. مَرمی‌ها، مانند ژاله می‌باریدند و زمین سرخ شده بود ازخون مردم.

خودم را به زحمت ازساحه‌ی روضه‌ی شریف به خانه رسانده بودم. مادر، مابین حویلی ایستاده بود و محبوبه را در بغلش گرفته بودکه گریان می‌کرد.

به چشم خود دیده بودم، قتل‌عام مردم بی‌گناه و خون‌ریزی وحشیانه‌شان را. روزهای خونین شهرم را هرگزنمی‌توانم فراموش کنم.

آن روزها همچون بادگذشته بود و من در هیاهوی این بادگم شده بودم. نمی‌دانستم ازاین دنیا چه می‌خواهم و برای چه به دنیا آمده بودم؟! زندگی دیگر برایم معنایش را ازدست داده بود. این گذرعمر من بود، بیهوده و پوچ.

سال‌های زیادی ازآن واقعه‌ی قتل‌عام می‌گذشت و من در یک روز بهاری از کِلکین ساختمانی که نگهبانش بودم، به گل‌ها و درختان حیاط روبه‌رو چشم دوخته بودم و غرق درخاطرات آن روزهای مزارشده بودم که او را برای اولین بار دیدم.

ماه‌ها و روزها می‌گذشت، از اولین باری که او را در یک روز بهاری دیده بودم.

در یک روز پاییزی که کِلکین را بازکردم، دیدم که کنار دروازه‌ی حویلی ایستاده و کوچه را تماشا می‌کند. چهره‌ی وسوسه‌انگیزی داشت. نگاهم که روی اندامش افتاد، خون به صورتم دویده بود. تمام بدنم داغ شده بود و لذت خواستنش دیوانه‌ام می‌کرد. پایین تنه‌اش، مانند ساقه‌های گندم بود. کشیده و جذاب.

اما خشم تمام وجودم راگرفته بود. برایم سخت بود قبول کنم، دخترک زیبایی همچون او، به‌کام مردهای هوس‌باز باشد.

دخترک که چشمش به من افتاد، برگشت به داخل حویلی و دروازه را پشت سرش بست.

پنجره را بستم و به گوشه‌ی اتاق پناه بردم. فکرش یک لحظه هم آرام و قرار نمی‌گذاشت. او مدتی بود که در منزل روبه‌رویی، به همراه پیرزنی زندگی می‌کرد وگاهی آدم‌های بی‌پروایی رفت‌وآمد می‌کردند. روزهای رُخصتی پیدایشان می‌شد و زن و مرد، بی‌غم و سرلخت و پای لخت تا نیمه‌های شب، سیگار می‌کشیدند و مشروب می‌خوردند و بساط عیش‌ونوش‌شان برقرار بود. در دلم آرزو می‌کردم که طوفان بیاید یا سیلاب و زلزله‌ای و خانه و دخترک و همه‌ی آن آدم‌های هوس‌باز نابود شوند.

مدتی می‌گذشت تا ذهن پریشان و مفکوره‌ام آرام شود؛ اما با شنیدن صدای دروازه، ناخواسته به طرف پنجره می‌رفتم و باز در دلم آرزو می‌کردم که بلایی نازل شود و دخترک و همه‌ی آن‌ها را نابود کند.

نامش را مانده بودم «حمیرا»، چون مانند گل‌های سرخ مزار، زیبا بود.

حمیرا برایم آرامش بود و همیشه در دلم دعا می‌کردم که نسبت به او متنفر نباشم و نفرین‌هایم هیچ‌وقت برآورده نشود و حالا ماه‌ها و روزها می‌گذشت که به او دل بسته بودم.

امروز رُخصتی مکاتب بود و کوچه خلوت بود از رفت‌وآمد مردم. یک روز تعطیل و خسته کننده‌ی پاییزی که به برگ‌های خزان زده‌ی درختان حیاط خانه‌ی

روبه‌رو چشم دوخته بودم.

بیشتر وقت‌ها حمیرا را می‌دیدم. از وقتی که ساکن منزل روبه‌رویی شده بود. اولین بار در یک روز بهاری که به درختان و گل‌های حیاط چشم دوخته بودم، او را دیدم. آن روز محبت و خواستنش را با تمام وجود احساس کردم. خود را باخته بودم و هیچ اراده‌ای از خود نداشتم، در برابر قلبی که آرام و قرار نداشت.

حالا هر وقت که صدای دروازه را می‌شنیدم، کارم شده بود ایستادن کنار پنجره تا ببینم چه کسی می‌آید و انتظار کشیدن که چه وقت می‌روند.

یک روز خسته‌کننده‌ی پاییزی بود که چشم دوخته بودم به حوضچه‌ی حیاط روبه‌رو که پوشیده شده بود از برگ‌های خزان زده‌ی درختان.

یادم آمد، کابوس شب قبل که درون آن حوضچه خوابیده بودم و صدای خِش خِش برگ‌های افتاده بر زمین از وزش باد، زیر پاهای حمیرا را می‌شنیدم. او بی‌پروا کنار حوضچه ایستاده بود و بی‌هیچ گپ و سخنی چشم دوخته بود به قطار مورچه‌هایی که شتابان به درون حوضچه می‌آمدند و به دورم جمع شده بودند. جشن مورچه‌ها و حشرات کوچک و بزرگی بود که با تمام وجودشان به جانم چسپیده بودند و هرکدام به قدر توان و طمع‌شان از گوشت تنم می‌کندند و با خود می‌بردند. حمیرا همچنان نگاهم می‌کرد. رد نگاه چشمانش در چشم‌هایم گره خورده بود؛ اما هیچ نمی‌گفت. دیگر به هیچ کجای بدنش نگاه نمی‌کردم. چشم‌هایم را بسته بودم. میان گوش‌ها و دهانم پر شده بود از مورچه‌ها و حشرات کوچک و بزرگ. مات و مبهوت مانده بودم و نمی‌دانستم چه اتفاقی در حال رُخ دادن است. احساس ناشناخته‌ای همه‌ی وجودم را فراگرفته بود. صدای واق واق سگ‌ها می‌آمد. ایستادم و از حوضچه بیرون شدم. صدای واق واق سگ‌ها نزدیک و نزدیک‌تر می‌شد. سگ مرده‌ای را مابین حوضچه افتاده دیدم که دهانش باز بود و دندان‌هایش سیاه و زرد شده بود. همان لبخندی که برای بار اول بر چهره‌ی حمیرا دیده بودم، با همان لبخند نگاهم می‌کرد. دیگر صدای خِش خِش برگ‌های افتاده

بر زمین از وزش باد، زیر پاهای حمیرا که به طرف اتاق می‌رفت، شنیده نمی‌شد. باد به شدت به پنجره کوبیده بود که از خواب بیدار شده بودم.

عصر یک روز خسته کننده‌ی پاییزی بود که به برگ‌های خزان زده‌ی درختان حیاط روبه‌رو نگاه می‌کردم...

دوم

نرگس کنار حوضچه نشسته بود و به بلند منزل روبه‌روی حیاط‌شان نگاه می‌کرد.

عصر یک روز پاییزی بود که برگ‌های خزان زده‌ی درختان از وزش باد، میان حیاط و حوضچه ریخته بود.

پاهای سفید و استخوانی‌اش را روی هم انداخته بود و جمع کرده بود میان دستانش. نه آفتاب داغ تابستانی بود که پوستش را بسوزاند و نه هوای سرد زمستانی که مجبور شود پاهای لختش را بپوشاند. باد ملایمی می‌وزید. با بی‌حوصله‌گی تکه سنگی برداشت و درون حوضچه انداخت. برگ‌های روی سطح آب، به رقص درآمده بودند و نرگس درکنج چشمانش، پنجره‌ی ساختمان نیمه‌کاره‌ی روبه‌رو را جای داده بود و آرام‌آرام دامنش را روی پاهایش می‌کشید.

احمد پشت پنجره ایستاده بود.

زنگ در که به صدا درآمد، نرگس به طرف اتاق رفت. تکرار صدای زنگ دروازه‌ی حیاط، در راهرو پیچیده بود.

احمد سر و گردنش را از پنجره بیرون آورده بود تا کوچه را بهتر ببیند و سعی می‌کرد، بالاتنه‌ی برهنه‌اش نمایان نشود. جلوی در، چند مرد و زن و دخترک زیبایی ایستاده بود. دروازه که باز شد، آن‌ها داخل شدند و نرگس تا نیمه‌های حویلی آمده بود برای خوش‌آمدگویی‌شان.

چراغ‌های حویلی روشن شده بود و هوا رو به تاریکی می‌رفت...

●●●

ساعت‌ها انتظار، احمد را کلافه کرده بود.

صدای بسته شدن دروازه و خداحافظی و رفتن آن‌ها را که شنید، ایستاد و پنجره را بست. سیگاری آتش زد و چراغ‌ها را خاموش کرد. چشم‌هایش که به تاریکی عادت کردند، خون توی‌شان دوید. نفسش تنگ شده بود. سیگار را میان لیوان نیم خورده‌ی چای انداخت و مُشتش را به زمین کوبید. دهانش تلخ شده بود و بازوانش می‌لرزید.

نرگس توی حیاط، پشت به دیوار تکیه داده بود و نور مهتاب روی پاهای سفیدش که میان سینه جمع کرده بود، می‌خزید.

احمد اوقاتش تلخ شده بود و کف اتاق درازکشیده بود. دست‌هایش زیر سرش بود و به هیچ فکر می‌کرد.

نرگس به رقص حشرات خیره شده بود که به دور چراغ حیاط می‌گشتند و به حرف‌هایی که به دیانا گفته بود فکر می‌کرد. موج گرم و دلپذیری تمام بدنش را فرا گرفته بود و آرامش کرده بود. چقدر دلش می‌خواست دیانا زودتر با او گپ بزند و موقعیتی فراهم بشود تا حرف‌های دلش را بگوید. مدت‌ها بود که به او احساس خوبی داشت.

نامش را گذاشته بود: «فرهاد.»

بعد از ماه ها و روزها از علاقه اش به فرهاد حرف زده بود و دیانا گفته بود، شنبه قبل از ظهر به منزل شان بیاید تا هم برای جشن تولد ناهید کمکش کند و هم راجع به این موضوع بیشتر باهم صحبت کنند...

سوم

صبح روز شنبه بود که نرگس آماده‌ی رفتن به منزل دیانا شده بود.

از شب قبل که آقای دکتر و دیانا، مادرهِلِنا را به منزل‌شان برده بودند، برای رفتن و صحبت با دیانا، آرام و قرار نداشت.

آن‌ها معمولاً روزهای یکشنبه، مادرهِلِنا را برای مراسم به کلیسا می‌بردند و عصر برمی‌گشتند؛ اما این بار که عصر جمعه آمده بودند، مادر را با خودشان برده بودند.

دیانا گفته بود که قرار است، آرش امشب از استکهلم بیاید و برای جشن تولد ناهید، میهمان دعوت کرده‌ایم. مادرهِلِنا زن بسیار مهربان و با نشاطی بود و به قول خودش، از وقتی که زمین‌گیر شده، وقت بیشتری برای مطالعه و نوشتن پیدا کرده است.

او نرگس را به شدت تشویق می‌کرد تا در مواقع بیکاری، مطالعه کند و تلاش می‌کرد تا شخصیتش را آن طور که خودش می‌خواهد و می‌پسندد، پرورش دهد...

چهارم

- خانووووم... شماره بدم؟
- خانووم خوشگله! پرسونمت؟
- خوشگله! افتخار می‌دی؟ قیمت چند؟!...

این‌ها جملاتی بود که نرگس در طول مسیر خانه‌شان تا منزل دیانا از راننده‌ها و آدم‌های مختلف می‌شنید. شهر پر بود از چشم‌هایی که او را برای ارضای شهوت‌شان می‌خواستند و گاهی کسانی هم بودند که اصلاً توجهی به او نداشتند.

ازگوشه‌ی پیاده‌رو که گذشت، چشمش به مناره‌های سر به فلک کشیده‌ی مسجدی افتاد.

دلش خواست برود و دو رکعت نماز بخواند. درد دلش را بگوید و خودش را از غم‌ها و غصه‌هایی که روی دلش مانده بودند و سنگینی می‌کرد، سبک کند. بسیار

از جلوی مسجد گذشته بود؛ اما هیچ‌وقت به اندازه‌ی این دفعه دلش نخواسته بود که برود به داخل مسجد! شاید برای اولین بار بود، بعد از آن شب سیاهی که مولوی مسجد گفته بود:

ـ حالی دیگه ناوقت شده. پیش از اینکه مردم بیدار شوند، باید بروم مسجد و اذان نماز صبح را بگویم. و خندیده بود...

نرگس درحالی‌که درد تمام وجوش را چنگ می‌زد و غرق در عرق و خون و نجاست بود، چشم دوخته بود به آسمانی که تاریک بود و هیچ ستاره‌ای نداشت. توان آه کشیدن هم نداشت و اشکش در میان جیغ و درد بدنش و خنده‌ها و نفس‌های متعفن مولوی، خشک شده بود و در دلش پدرش را نفرین می‌کرد.

می‌خواست برود و از ته دل با خدایش حرف بزند. وارد حیاط مسجد شد. چند کبوتر میان حویلی مسجد درحال دانه چیدن بودند. یاد کبوترهای شهرشان افتاد که گاهی در دسته‌های بزرگ به سوی آسمان پرواز می‌کردند و او چشمانش به آسمان می‌ماند و همراه کبوترها می‌رفت تا خال آسمان و محو می‌شد. نگاهش در کوه‌های سر به فلک کشیده‌ی سالَنگ. دلش گرفته بود. انگار آمده بود تا فقط گریه کند و دردش را بریزد در چشم‌هایش تا جاری شوند. دردش گفتنی نبود و دلش پر بود و بی‌قرار. از سَرسرای مسجد که گذشت، رفت و از روی آویز، چادری برداشت و انداخت روی سرش. دستگیره‌ی دروازه را کشید و داخل رواق مسجد شد.

ـ خاااانوم... خانوم !؟

پاهای نرگس از حرکت مانده بود و سراسیمه به طرف صدا چشم گرداند. خادم مسجد بود که به طرفش می‌آمد. نزدیک که شد گفت:

ـ دختر جان برو بیرون. الان زوده که آمدی. دو سه ساعت مانده به اذان، مثل اینکه بار اوله آمدید مسجد!

زیر لب چیزهای دیگری هم می‌گفت که نرگس نمی‌شنید.

به سرعت از راهروی مسجد خارج شد. به وسط حیاط نرسیده بود که صدای

مرد را شنید:

- خانوم چادر مسجد رو کجا می‌بری؟ مگه حلال و حرام سرتون نمی‌شه؟

لحظه‌ای به خودش آمد. متوجه شد که چادر رنگ و رو رفته‌ی مسجد را سَرِ جایش نگذاشته است. دچار تشنج و اضطراب شدیدی شده بود. برگشت. چادر را از روی سرش برداشت، روی آویز انداخت و به سرعت از دروازه‌ی مسجد بیرون شد.

تنش می‌لرزید. پاهایش هرکدام به سویی می‌رفتند. می‌شنید؛ اما نمی‌دید. می‌دید؛ اما نمی‌شنید. تمام توانش را روی قدم‌هایش گذاشته بود تا هرچه زودتر به منزل دیانا برسد. این چیزی نبود که تصورش را می‌کرد. احساس حقارت می‌کرد. تنفر در وجودش شعله‌ور شده بود از کسانی که...

این پیش‌آمد برایش قصه‌ای تلخ بود که درگذشته‌اش نمود پیدا می‌کرد و خاطرات تلخش را زنده می‌کرد. شرم می‌شد این حادثه را برای دیانا تعریف کند. آن‌ها، بارها و بارها از رفتار خوب و انسان دوستانه‌ی پدر روحانی و خادمین کلیسا برایش گفته بودند و کسانی که برای دفعه‌ی اول به کلیسا می‌رفتند و یا هم‌کیش آن‌ها نبودند، مورد لطف و مهربانی قرار می‌گرفتند.

ذهنش پر از تناقض‌ها شده بود و مفکوره‌اش آزارش می‌داد. وقتی که به خودش آمد، دید که جلوی ساختمان منزل دیانا ایستاده است...

پنجم

به دروازه‌ی ساختمان که می‌رسم، نفس عمیقی می‌کشم و عرق صورتم را پاک می‌کنم. سرنوشت چه عجیب است. حوادث تلخ امروز و خاطرات تلخ گذشته و جریان یکنواخت قصه‌ی یک زندگی. چه ظالمانه است روزگار. تصمیم گرفتم که اصلاً و ابداً راجع به رفتنم به مسجد هیچ گپی نزنم.

زنگ آیفون را که می‌زنم، دیانا با خوش‌رویی در را باز می‌کند. صدای مهربانش آرامش می‌دهد. از وقتی که با آن‌ها آشنا شده‌ام، هیچ‌وقت احساس تنهایی و حقارت نکرده‌ام. همیشه صمیمی بودند و مرا عضوی از خانواده‌شان می‌دانستند. خیلی دوست داشتم برای اولین بار از نزدیک جشن کریسمس را ببینم و برای تزئین درخت نوئل لحظه‌شماری می‌کردم.

وارد سالن می‌شوم. بوی عطر عود همه جا را پر کرده بود. بعد از سلام و

احوالپرسی، دیانا به طرف میز پذیرایی اشاره می‌کند و می‌گوید:

ـ نرگس جان بنشین تا چای و کیک بیاورم.

و درحالی‌که به طرف آشپزخانه می‌رفت، گفت:

ـ ادموند و ناهید برای خرید رفته‌اند و تا موقع ناهار برمی‌گردند. مادرهلنا هم توی اتاق مطالعه، مشغول کتاب خواندن است.

به طرف اتاق مطالعه می‌روم تا مادرهلنا را ببینم و احوالش را جویا شوم. در می‌زنم، دستگیره را به طرف پایین فشار می‌دهم و آرام خودم را در پهنای در قرار می‌دهم و سلام می‌کنم. سرش را از روی کتاب برمی‌دارد. از پشت عینکش نگاهم می‌کند و می‌گوید:

ـ درود بر تو دختر جوان. حالت چطوره نرگس جان؟

ـ ممنونم مادر. شما خوبید؟

لبخند می‌زند و عکس مُبهم روی جلد کتاب را نشانم می‌دهد و می‌گوید:

ـ «باگذشت زمان و همراه با رُشد اجتماعی و تبادل ژنتیکی، کار ما به آنجا کشیده شده است که وجدان را در رنگ خون و شوری اشک پیچیده‌ایم و انگار که این هم بس نبوده. چشم‌ها را به نوعی آیینه رو به درون بدل کرده‌ایم، نتیجه این است که چشم‌ها اغلب آنچه را سعی داریم با زبان انکار کنیم، بی‌پروا آن را لو می‌دهند.»

نگاهم می‌کند که چشم دوخته‌ام به دهانش و می‌گوید:

ـ چرا ایستادی نرگس جان؟

و آرام‌آرام شروع می‌کند به ورق زدن کتاب و گاهی بعضی نوشته‌ها را با چشم می‌خواند و دوباره ورق می‌زند و مکث می‌کند روی صفحه‌ای و می‌گوید:

ـ «اگر نمی‌توانیم مانند آدم زندگی کنیم، دست کم بکوشیم؛ مثل حیوانات زندگی نکنیم.»

«دنیا همین است که هست. جایی است که حقیقت، اغلب نقاب دروغین می‌زند تا به مقصد برسد.»

تندتند ورق می‌زند و صفحه‌ی آخر کتاب را باز می‌نماید و شروع می‌کند به

خواندن:

«- چرا ما کور شده‌ایم؟

- نمی‌دانم، شاید روزی بفهمیم، می‌خواهی عقیده‌ی مرا بدانی؟

- بله بگو.

- فکر نمی‌کنم ما کور شدیم. فکر می‌کنم ما کور هستیم. کور، اما بینا، کورهایی که می‌توانند ببینند؛ اما نمی‌بینند.»

کتاب را می‌بندد و عینکش را از جلوی چشمانش برمی‌دارد، نفس عمیقی می‌کشد و می‌گوید:

-کوری... حتماً باید این کتاب ارزشمند را بخوانی. بارها خوانده‌ام و هر بار بیشتر از پیش لذت می‌برم و در افکار «ژوزه ساراماگو» غوطه‌ور می‌شوم. علت عقب‌ماندگی و ضعف فرهنگی ما، بیگانگی با کتاب و نداشتن مطالعه‌ی مفید و مناسب است.

دیانا با یک لیوان آب پرتقال وارد اتاق می‌شود، روی میز می‌گذارد و می‌گوید:

- مادر، اگر کاری داشتید صدا بزنید.

و با اشاره‌ی چشم به من می‌فهماند که خودم را از این مهلکه‌ی وعظ و خطابه نجات دهم.

می‌گوید:

- نرگس جان یه اتاق برای تو و فریبا در نظر گرفتیم. می‌تونی بری لباس‌هاتو عوض کنی. فریبا هم بعدازظهر میاد برای کمک.

تشکر می‌کنم و به همراه دیانا از پله‌ها بالا می‌روم تا اتاق را نشانم بدهد.

چای و کیک روی میز پذیرایی بود و دیانا به انتظارم نشسته بود. روبه‌رویش می‌نشینم. فنجان چای را تعارف می‌کند و بشقاب کیک را مقابلم می‌گذارد. لیموترش برش خورده را از کنار فنجان چای برمی‌دارد و توی مشتش فشار می‌دهد. بدون اینکه نگاهم کند، می‌گوید:

ـ بعد از عمل حنجره، دیگر نمی‌توانم با صدای بلند و حتی به مدت طولانی صحبت کنم.

پوست چروکیده و مچاله شده‌ی لیموترش را می‌گذارد توی پیش‌دستی. تکه‌ای کیک برمی‌دارم و می‌گذارم توی دهانم. جرعه‌ای از چای را می‌نوشم تا گلویم تَر شود. این روزها خیلی گلویم خشک می‌شود. خودم را روی صندلی‌ام جابه‌جا می‌کنم تا بهتر بتوانم ببینمش. نگاهش می‌کنم.

دیانا آرام و خون سرد نگاهم می‌کند. لبخند می‌زند و می‌گوید:

ـ حسرت آواز خواندن هم مانده توی دلم!

نگاه می‌کنم به تابلوی بزرگی که روی دیوار سالن پذیرایی خودنمایی می‌کند. آقای دکتر و دیانا کنار برج ایفل.

دیانا که متوجه نگاهم می‌شود، می‌گوید:

ـ این عکس مال همین تابستان گذشته است که رفتیم پاریس.

دستی به موهای شرابی‌اش می‌کشد و می‌گوید:

ـ دکتر می‌گه زیتونی بهت میاد! اما من بیشتر شرابی رو دوست دارم. عاشق موهای شرابی‌ام. تابستون هم به اصرار ادموند، موهامو زیتونی کردم. می‌گه رنگ زیتونی بهت وقار و شخصیت بیشتری می‌ده.

به طرف توبی می‌روم. روی زیرانداز مخصوصش کنار مبلمان چُرت می‌زد. بدون اینکه به خودش زحمت حرکت بدهد، نگاهم می‌کند. کنارش می‌نشینم. بعد از مدت‌ها حالا دیگر با من غریبه‌گی نمی‌کند و اجازه می‌دهد تا دستم را روی سرش بکشم و نوازشش کنم.

دیانا می‌گوید:

ـ اگر فرصت داشتیم و حوصله‌ای بود، حسابی باهم صحبت می‌کنیم و همه‌ی خاطرات زندگیم را برایت می‌گویم.

بدون اینکه حرفی برای گفتن داشته باشم، نگاهش می‌کنم. می‌روم روی صندلی،

روبه‌رویش می‌نشینم.

می‌گوید:

ـ آماده‌ام تا حرف‌هایت را بشنوم.

بدون مقدمه می‌گویم:

ـ داستان زندگی من شامل دو قسمت است، یک بخش درگذشته و درکشورم شکل گرفته و یک بخش هم در اینجا. بخش دوم زندگی‌ام تصویری است که می‌بینید و تا حدودی از من شناخت پیداکردید. راجع به گذشته‌ام حرفی برای گفتن ندارم، چون خوشبختی الانم را نمی‌خواهم با یادآوری خاطرات تلخ‌گذشته، نابودکنم و نمی‌خواهم دوباره درگذشته‌ام زندگی کنم. در جنگ و آوارگی همه چیز نابود می‌شود، حتی دختران باکره.

دیانا نفس عمیقی می‌کشد و می‌گوید:

ـ به قول ولفگانگ بورشرت آلمانی:

«هفته، یک سه‌شنبه دارد و سال، پنجاه سه‌شنبه دارد و جنگ، سه‌شنبه‌های فراوان.»

می‌گویم:

ـ برای من تمام روزها و هفته‌ها و سال‌های زندگی‌ام جنگ و آوارگی بود. پر از آشوب و وحشت.

تأسف و غم را در چهره‌ی دیانا می‌بینم. آه می‌کشد و چشم‌هایش را از نگاهم دور می‌کند و من به این گفته‌ی ولفگانگ بورشرت آلمانی فکر می‌کنم که چرا به جای سه‌شنبه‌ها، روزهای دیگر را مثال نزده است؟! مثلاً روزهای جمعه یا روزهای دیگر و چقدر این جمله به نظرم مزخرف و احمقانه می‌آید.

می‌گویم:

ـ قسمت پنهانی که میان این دو بخش زندگی‌ام جای خوش کرده، به نظرم جالب‌تر از چیزی هست که تصور می‌کنید. از وقتی که به لطف شما و آقای دکتر،

پرستار مادرهلنا شده‌ام، زنده بودن و انسان بودن را با تمام وجودم احساس می‌کنم. حقارت و آوارگی را از یاد برده‌ام و به تازگی هم به پسری از هم‌وطن‌های خودم علاقه‌مند شده‌ام که نگاه صمیمانه‌ی هر روزش از پشت پنجره‌ی ساختمان روبه‌روی ما، به من آرامش و قوت قلب می‌دهد. نامش راگذاشته‌ام فرهاد. تابه‌حال جرأت نکرده‌ام حرفی بزنم و یا علاقه‌ام را به او نشان بدهم. هروقت که نگاهم درنگاهش می‌افتد، خودم را به سرعت از دیدش پنهان می‌کنم.

•••

گلویم خشک شده بود و به سختی می‌توانستم صحبت کنم. جرعه‌ای از چای را می‌نوشم. سردی چای، گلویم را می‌زند و خنکی آن را تا معده‌ام احساس می‌نمایم. سرفه می‌کنم.

دیانا فنجان‌ها را توی سینی می‌گذارد و به طرف آشپزخانه می‌رود و می‌گوید:

ـ الان چای تازه و داغ می‌ریزم...

برشی ازکیک را برمی‌دارم و می‌گذارم توی دهانم. وقتی روبه‌رویم نشسته، شَرم می‌شوم کیک بردارم.

با دو فنجان چای داغ، روبه‌رویم می‌نشیند. سینی را روی میز می‌گذارد. از این همه مهربانی و صمیمیتی که دارد، خجالت می‌کشم. به صورتش نگاه می‌کنم و رد نگاهم را درگرمای بخار چای که به هوا می‌رود، محو می‌کنم. فنجان را نزدیک‌تر می‌آورم.

لبخند می‌زند و می‌گوید:

ـ تا چایی‌ات را بخوری، من هم یک خاطره ازگذشته‌ها تعریف می‌کنم.

شوق شنیدن حرف‌هایش توی چشم‌هایم موج می‌زند. می‌گویم:

ـ بی‌صبرانه مشتاقم تا بشنوم!

صدای مادرهلنا می‌آید که می‌گوید:

ـ دیاناااا... ادموند و ناهید برای ناهار میان؟

دیانا لبخندی می‌زند، می‌ایستد و چند قدم به طرف اتاق مطالعه می‌رود و

طوری که صدایش شنیده شود، می‌گوید:

-بله مادر... برای ناهار برمی‌گردند.

به ساعت بزرگ قدی سلطنتی کنج سالن نگاه می‌کنم. وقت غذا خوردن مادرهلنا نزدیک است. همه‌ی کارها و برنامه‌هایش را دقیق و حساب شده انجام می‌دهد، حتی خوابیدن، مطالعه و یا خوردن غذا.

صدای مادرهلنا همچنان می‌آمد و همان جمله‌ی همیشگی‌اش را می‌گفت که:

-من هر وقت اینجا می‌آیم، تمام برنامه‌ریزی زندگی‌ام به هم می‌خورد!

دیانا با همان لبخند همیشگی‌اش که از روی صورت و لب‌هایش محو نمی‌شود، می‌گوید:

-مادرجان الان تماس می‌گیرم و بهشان می‌گویم که زودتر بیایند. تا برسند، میز غذا را با کمک نرگس آماده می‌کنم.

به طرف سگ سفید پشمالوی کوچک می‌رود و می‌گوید:

-توبی، عزیزم تو هم گرسنه‌ای؟

توبی همچنان در حال چُرت زدن بود و به خودش زحمت بلند شدن و راه رفتن هم نمی‌داد.

به طرفم نگاه می‌کند و بدون مقدمه می‌گوید:

-شاید دوست داشته باشی که از همه‌ی سرگذشت ناگفته و پنهان زندگی‌ام آگاه شوی! باید بگویم من آدم خوش شانسی بودم که با ادموند آشنا شدم. آن روزها که مثل تو جوان بودم، خیلی‌ها دوست داشتند و می‌خواستند وارد زندگی خصوصی‌ام شوند و به بهانه‌ی نشان دادن روزنه‌های سعادت، مرا وارد دنیای تباهی و هرزه‌گی کنند و ناگفته‌های زندگی‌ام را آشکار نمایند. این حقیقت ماجرا است، وقتی که از لحاظ مذهب و قومیت، در اقلیت باشی و زندگی خصوصی‌ات برایشان همچون راز باشد. سال‌های زیادی را صرف این مسأله وکش و قوس زندگی کردم.

حالا که به گذشته فکر می‌کنم، بیشتر از پیش عاشق لحظه‌های آشنایی‌ام و

زندگی‌ام با ادموند می‌شوم. از انتخابم خوشحالم و همه چیز به خوبی و رو به جلو پیش رفته است، تنها به این دلیل که یک حامی و تکیه‌گاه مطمئن و سرسخت داشتم و دارم.

آن روزها زمان اوج هنرنمایی و شکوفایی استعدادم در دانشکده بود. یکی از اساتید دانشکده که خیلی دوست داشت به من نزدیک شود، خواسته بود که در گروه کُر یکی از دوستانش پیانو بزنم و همخوانی کنم.

در بدترین شرایط موجود، کارم را به بهترین شکل ممکن انجام می‌دادم. از همخوانی در گروه، کارم به تک‌خوانی و ستاره شدن هم رسیده بود. خنده‌دار است و مضحک!

خیلی‌ها می‌گفتند از وقتی که وارد گروه شدم، به شُهرت رسیدم و استاد شکوهی باعث تَرقی و پیشرفتم شده بود!

اما برعکس! از وقتی که وارد گروه شدم، همه چیزم را داشتم از دست می‌دادم. مسؤلین گروه به اندازه‌ی کافی از شُهرتم سود بردند. مدیون هنر و زیبایی و صدای من بودند. به یک سوپراستار تبدیل شده بودم که حتی پیشنهادهای زیادی برای بازیگری در سینما هم داشتم.

•••

موبایلش را برداشت و شروع کرد به گرفتن شماره و بعد از مکالمه‌ی کوتاهی، گوشی را روی میز گذاشت و گفت:

-کمی وقت داریم تا رسیدن‌شان و آماده کردن میز غذا.

جرعه‌ای از چای نوشید. لیوان را میان دو دستش گرفته بود و آرنج‌هایش را روی میز، تکیه‌گاهش قرار داده بود.

نفس عمیقی کشید و گفت:

-برای حضور در گروه، هیچ اشتباهی مرتکب نشدم، چون فارغ از هر مسأله‌ای، به درخواست استاد شکوهی بود که برایش احترام زیادی قائل بودم. اما او هیچ

ارزشی برای موفقیت‌های فردی من قائل نشد و نتوانست قبول کند و ببیند که تلاشم جایگاهم را بالاتر می‌برد. بعد از اولین باری که ادموند را به استاد معرفی کردم، رفتارش نسبت به من تغییر کرد. می‌گفت دوست خانوادگی برایش هیچ معنا و مفهوم و مشروعیت ندارد!

وقتی خاطرات آن روزها را مرور می‌کنم، بندبند وجودم می‌لرزد. شکوهی بارها به من گفته بود که ارتباطم را با ادموند قطع کنم. می‌گفت، پزشک‌ها روحیه‌ای خشن دارند و با روحیه‌ی هنرمندان در تضادند و نمی‌توانند تفاهم و درک درستی از هم داشته باشند وگاهی هم از عذاب جهنم می‌گفت برای زنانی که با مردان نامحرم ارتباط نامتعارفی دارند و من هیچ نمی‌فهمیدم از مفهوم ریاکارانه‌ی سخنانش. ادموند هم هرچقدر اصرار می‌کرد تا از گروه فاصله بگیرم، قبول نمی‌کردم.

توبی حالا آمده بود، خودش را به پاهای دیانا چسبانده بود. گل‌های سرخ و زیبای روی دامنش، خاطره‌ی گل‌های سرخ دشت شادیان را زنده می‌کرد. فنجانش را روی سینی گذاشت و شروع کرد به نوازش سگ کوچولوی سفید پشمالو.

به صورتش نگاه می‌کنم که غرق در هیجان بود و چهره‌اش آرام و لبخند همیشگی‌اش را بر لب داشت. شوق شنیدن و عطش را با آخرین جرعه‌ی چای قورت می‌دهم و فنجان خالی را کنار فنجان نیمه پر میان سینی می‌گذارم.

توبی را به بغل می‌گیرد و می‌گوید:

ـ برای اجرای موسیقی دعوت شده بودیم. قبل از رفتن، به دیدن ادموند رفته بودم. نگرانی در چشم‌هایش موج می‌زد. ای کاش به آن سفر نمی‌رفتم. هرگز برای آن اشتباه، خود را نمی‌بخشم.

تا اینکه آن شب...

استاد شکوهی گفته بود، به افتخار حضورمان، ضیافت شام برپا کرده‌اند. باغ خارج از شهر بود. وقتی وارد باغ شدم، وحشت تمام وجودم را گرفته بود. مجلس هیچ شباهتی به ضیافت رسمی نداشت. هیچ‌کس روی پایش بند نبود. نمی‌دانم

آن شب، دوستان استاد چه چیزی به خوردم داده بودند که دیگر صدایم در نیامد؟!

آن شب و آن افتضاح...

هرگز خودم را برای آن اشتباه و اعتماد مزخرف و احمقانه نمی‌بخشم. ضربه‌ی روحی شدیدی خورده بودم. فردای آن روز ادموند آمده بود بیمارستان به دیدنم. همه چیز را به او گفته بودند؛ اما او هیچ چیزی را به رویم نیاورده بود.

خوشبختی و زندگی دوباره‌ام را مدیون همسرم هستم. او ستون اصلی آرامشم است. بعد از آن ماجرای لعنتی، به اصرارش به ایروان رفتیم تا همه چیز را فراموش کنم. باهم ازدواج کردیم و چند سالی خارج از ایران زندگی کردیم. پدر بزرگ ادموند، از سهام‌داران شرکت براندی ایروان بود و به او از پدرش سهم کوچکی از این شرکت، رسیده بود.

وقتی باردار شدم، نزد مادرهلنا برگشتیم. هیچ‌وقت نمی‌توانم محبت‌های ادموند را فراموش کنم. هر روز که به چهره‌اش نگاه می‌کنم، انرژی مضاعف می‌گیرم. تا زمانی که او به من نگاه کند، من هم به زندگی امیدوار هستم و به عشق او زندگی می‌کنم.

این‌ها را گفتم تا بدانی اگر درون قلبت عشقی احساس می‌کنی و دوستش داری، حتماً ابراز کن و نگذار گذشت زمان، فاصله را میان تو و او بیشتر کند و بعدها به خاطر پنهان کردن این عشق، خودت را سرزنش کنی.

•••

به ساعت مچی خاکستری رنگش نگاه می‌کند. توبی را روی زمین می‌گذارد. سینی را برمی‌دارد و به طرف آشپزخانه می‌رود و من حرف‌هایش را در ذهنم مرور می‌کنم که می‌گفت:

- قهرمان زندگی خودت باش نه قربانی زندگی دیگران...

- خودت باید بسازی و خودت باید حفظش کنی.

- اگر درون قلبت عشقی احساس می‌کنی و دوستش داری، نگذار گذشت زمان

فاصله را میان تو و او بیشتر کند و بعدها به خاطر ابراز نکردن این عشق، خودت را سرزنش کنی...

شش

آهنگ Happy birth day توی فضا پیچیده بود و همه‌ی میهمان‌ها درحال رقص و پایکوبی و شادمانی بودند. دیانا شمع‌ها را روشن می‌کند. برف شادی روی موهای سیاه و مواج ناهید می‌نشیند و در پیچ و تاب موهایش محو می‌شود. همه به ناهید چشم دوخته بودند و او با صدای شمارش یک دو سه‌ی آن‌ها، شمع‌ها را فوت می‌کند. دیانا ناهید را در آغوش می‌فشرد و صورتش را می‌بوسد. همه غرق در شادی هستند و جام‌های‌شان را به سلامتی ناهید بالا می‌برند.

آرش اسپری برف شادی را روی اُپن گذاشته بود و سیگاری روشن کرده بود و زیر چشمی نگاهم می‌کرد. فیلتر سیگارش را توی زیرسیگاری می‌تکاند و باز دوباره پُک عمیقی می‌کشید و چشم دوخته بود به من. دود غلیظی که از میان سوراخ‌های بینی و دهانش بیرون می‌آمد، لحظه‌ای صورتش را می‌پوشاند و به

سرعت به طرف بالا می‌رفت و در هوا پخش می‌شد.

به زحمت سعی می‌کردم نگاهش نکنم و چشم در چشمش نشوم. سنگینی نگاهش را روی صورتم احساس می‌کردم. به سختی نفس می‌کشیدم و در دلم آرزو می‌کردم که صورتم سرخ نشده باشد و هیچ نشانه‌ای از ترس و اضطراب نباشد. لیوان خالی را روی میزگذاشت و سیگار نصفه‌اش را توی جاسیگاری خاموش کرد. آرام یقه‌ی پیراهنش را مرتب کرد و آهسته‌آهسته به طرف پنجره آمد. صدای نفس کشیدنش را می‌توانستم بشنوم. گفت:

ـ نرگس خانوم شما همیشه این‌طور آروم و ساکت هستید؟

مشغول تماشای خیابان بودم. مرد جوانی که با مخاطب تلفنش درحال صحبت بود، داشت از تیررس نگاهم دور می‌شد. گفت:

ـ به خاطر خواهرم دیانا!

و رویش را برگرداند به طرف پنجره. می‌خواستم حرکت کنم؛ اما بازویم را گرفت و گفت:

ـ ببین چی می‌گم.

برگشتم و نگاهش کردم و ساکت ایستاده بودم.

بازویم را رها کرد و دستش را به موهایش کشید و به طرف میز رفت. صدای خشن و دو رگه‌ی مسیو آندرانیک می‌آمد؛ درحالی‌که گیلاس شامپاین در دستش بود و فی‌البداهه می‌گفت:

ـ این تقصیر عالیجنابان است. بارها شخصاً گفته‌ام و تکرار کرده‌ام که برای تبلیغ اصول مسیحیت، شخص دیگری را به غیر از آرمنیا برایمان پیدا کنند و بفرستند.

آقای دکتر ادموند با مهربانی و خوش‌رویی تمام گفت:

ـ آقای مسیو آندرانیک!

مسیو که نیمه مست بود، گفت:

ـ من بر اعتراض خود پایدارم!

و سپس رو به طرف آرش و مادر هلنا کرد و گفت:

ـ در این مورد، نظر مادر هلنا برای من حجت و اطمینان است، چون گفته‌های‌شان را بر حق می‌دانم و جانب هیچ کسی را نمی‌گیرد.

پدر آرمنیا با قیافه‌ای افسرده و اندوهگین پاسخ داد:

ـ افسوس! افسوس که چقدر شما در اشتباهید و نمی‌دانید که تبلیغ دین مسیح، با محدودیت‌ها و دشواری‌های فراوان مواجه است و بی‌خبرید که چگونه دست و پا بسته هستیم و هیچ اختیاری در تغییر روش جدید برای تبلیغ نداریم.

در حالی که جام شراب را برمی‌داشت، گفت:

ـ زنده باد مسیحیت و جاودانه باد گوشت و خون و روح مسیح...

و گیلاس شراب را سرکشید.

آرش که به هیجان آمده بود، گفت:

ـ آقایان محترم، پدر آرمنیا را باید آسوده و راحت بگذارید. ایشان به اندازه‌ی کافی و کامل، عالم به علوم الهی و مسیحیت هستند و حیات جاودانی مسیح را انکار نمی‌کنند، بلکه تبلیغ می‌کنند.

مسیو آندرانیک، در حالی که گیلاس خالی شامپاین را روی میز می‌گذاشت، گفت:

ـ درست و کامل و عالم... اما منکر جاودانگی مسیح.

کشیش با قیافه‌ای افسرده و غمناک، جامش را سر می‌کشید و پیوسته عرق را از سر و رویش پاک می‌کرد.

مادر هلنا تبسم‌کنان گفت:

ـ بگذارید بگویند جناب پدر آرمنیا... مگر نمی‌بینید که ایشان کاملاً مست و لایعقل هستند؟!

• • •

مسیو آندرانیک و کشیش آرمنیا و پدر وارتان که حسابی کیفور شده بودند و سر شوق آمده بودند و فراموش کرده بودند سن و سال زیادی از آن‌ها گذشته است،

میدان رقص را خالی نمی‌کردند و میان شادمانی‌شان مباحث مذهبی را پیش کشیده بودند و اعلامیه‌ی حقوق بشر و قتل عام ارامنه را یادآور می‌شدند و احکام جدید کلیساهای کاتولیک و واتیکان و قرون وسطی را تجزیه و تحلیل می‌کردند.

فریبا درحال پرکردن گیلاس‌های خالی بود و آرش رفته بود تا بساط قمار را آماده کند.

روی میز، جام‌هایی بلورین وگلدان زیبایی ازگل سرخ و بطری‌هایی ازشراب بود.

پوست صاف و برنزه‌ی ناهید، زیر نورلوستر سالن می‌درخشید. در دست راستش، جامی ازشراب قرمزبودکه به لب می‌برد و من بالا و پایین رفتن گلوی ظریف او راکه رنگ مات داشت، می‌دیدم.

جام‌ها به سرعت پر می‌شدند و هر کسی که هر نوشیدنی دوست داشت، می‌نوشید. شامپاین، وودکا و شراب سرخ انگورکه دکتر آرمن می‌گفت:

- از بهترین شراب ارمنستان است.

و پدر وارتان هر بارکه می‌نوشید می‌گفت:

- هیچ شرابی به خوبی شراب محلی «آرنی» در دنیا وجود ندارد.

آرش با صدایی شبیه به عوعوی سگ گفت:

- آقایون محترم و خانوم‌های عزیز، تشریف بیارین بازی کنین. میز آماده است.

مسیو آندرانیک پیاله‌ای را بالا برد و زوزه‌کشان گفت:

- به سلامتی وطن، ناموس و پاپ...

به میتراکه درطرف راستم نشسته بود نگاه‌کردم. موهای بلند سیاهش، شانه‌هایش را می‌پوشاند. زیبا و دلفریب و مست بود.

منوچهرکه خودش را پرستش‌گرِ دختران زیبا نامیده بود، خوشحال و سرمست، درحالی‌که جام شراب را برمی‌داشت، گفت:

- وقتی انگورهای امسال باغ‌های «کاختی» شروع به سرخ شدن کنند، من چهل ساله می‌شوم. پس حالا می‌نوشیم به سلامتی دختران زیبا...

در دلم می‌گویم، کاش برای یک بار هم که شده، انگورهای بی‌نظیر «پروان» را می‌دیدی. زیرچشمی به میترا نگاه می‌کنم. با وضع و حالی شبیه به یک حیوان وحشت‌زده و محجوب به منوچهر نگاه می‌کرد. در مفکوره‌ام می‌گفتم باید بترسد، چون شکار مخصوص امشبش است. منوچهر را می‌دیدم که آهسته‌آهسته به طرف میترا می‌رفت؛ درحالی‌که در دستش دو جام شراب سرخ بود و دیاناکه با دو بشقاب کیک به طرف‌مان می‌آمد و لبخندی از رضایت و خوشحالی روی لب‌هایش نقش بسته بود.

در دلم فریاد می‌کشیدم و خودم را سرزنش می‌کردم که بهتر بود می‌رفتم توی اتاق و نمی‌ماندم؛ مانند یک اَبله تا فقط نگاه‌کنم این بازی مضحک را و اگر عرضه داشتم، پشت مشکلاتم پنهان نمی‌شدم و اگر قرار است دوباره برگردم به همان روزهای نکبت‌بار و سیاه گذشته، بهتر بود اصلاً برمی‌گشتم به همان جایی‌که پیش از این بودم. چون لیاقت اینجا زندگی کردن را نداشتم و اگر نمی‌توانم زندگی‌ام را درست‌کنم و آینده‌ام را بسازم، باید خودم را نابود می‌کردم و همان بهترکه می‌مُردم و هیچ حرفی نمی‌زدم و هیچ کاری نمی‌کردم.

چند لحظه‌ای دور شدن دیانا و جشن و رقص و مِی نوشی میهمان‌ها را از کنار پنجره‌ی سالن پذیرایی تماشا کردم. سعی می‌کردم سریع فکر کنم و تصمیم بگیرم.

به طرف اتاق مادرهلنا می‌روم. چراغ را روشن می‌کنم، تخت را مرتب می‌کنم و از اتاق خارج می‌شوم.

فریبا صورتش را آورده بود نزدیکم و سؤال پیچم می‌کرد و من ناچار توضیح می‌دادم تا خیالش از بابت من راحت باشد. گفتم:

- می‌روم کمی استراحت کنم. میهمان‌ها که رفتند، صدایم کن تا باهم ظرف‌ها را بشوریم و سالن و آشپزخانه را مرتب کنیم.

چشمانش غمگین می‌شود. می‌گوید:

- چیزی می‌خوری؟

می‌گویم: کمی سرم درد می‌کند. فعلاً شبت خوش.

از پله‌ها بالا می‌روم. می‌ایستم و دور شدنش را از بالای پله‌ها تماشا می‌کنم. اتاق خواب‌مان را در طبقه‌ی دوم تعیین کرده بودند که از پنجره‌اش خیابان کاملاً پیدا بود و رو به حیاطی باز می‌شد که پر بود از گل‌ها و درختچه‌ها. تلویزیون را روشن می‌کنم و روی صندلی راحتی می‌نشینم. بند ساعتم را از مُچم باز می‌کنم و نگاهی به آن می‌اندازم. توی اتاق قدم می‌زنم و روی تختخواب دراز می‌کشم.

صدای موسیقی ملایمی از سالن پذیرایی می‌آمد. فریبا برگشته بود به اتاق و در دستش سینی بود و میان سینی دو فنجان و قوری چای و لیوانی آب و یک ورق قرص استامینوفن. باز می‌خواست بداند و صدایش را آهسته می‌شنیدم که با محافظه‌کاری تمام می‌گفت:

ـ دارند بازی می‌کنند. راستی تو آرش را چقدر می‌شناسی و چند بار باهاش ملاقات داشتی؟

صدای تلویزیون را کمی بیشتر می‌کنم.

• • •

زن جوان که فنجان چای در دستش بود و پیراهن صورتی نازکی پوشیده بود، گفت:

ـ می‌دونی چیه سارا ؟ دیه‌گو مرد خوب و نجیبی بود!

و با افسوس و غم، نگاهش را به زمین می‌دوزد.

مصاحبش که زیباتر و جذاب‌تر بود و روی صندلی راحتی کنار شومینه نشسته بود و میله‌های بافتنی در دستش پیچ و تاب می‌خورد، گفت:

ـ آره خیلی خوب و نجیب...

و با لبخندی از رضایت که بر لبانش بود، گفت:

ـ یک شب کنارش بودم تا صبح، اما اصلاً به من دست نزد.

زن پیراهن صورتی، درحالی‌که فنجان را از لب‌هایش که به رنگ سرخ بود دور

می‌کرد، گفت:

ـ جدی می‌گی؟ من هم یک شب کنارش بودم؛ اما...

به شعله‌های آتش چشم دوخته بود و به دوردست‌ها می‌اندیشید و افکارش با شعله‌ها می‌رقصید.

زن پیراهن سفید، از پیچ و تاب میل‌های بافتنی، دست کشیده بود و زیرچشمی نگاهش می‌کرد. زن پیراهن صورتی که به وجد آمده بود، ایستاد و آهسته‌آهسته به طرف شومینه رفت و گفت:

ـ با اینکه باهامون بوده؛ اما اصلاً نخواسته رابطه‌ای برقرارکنه! من که خیلی دلم می‌خواهد دلیلش را بدانم، البته دلیلش هرچی می‌خواهد باشد، من شخصاً هیچ تمایلی به رابطه با هیچ مردی ندارم.

زن دوباره شروع کرد به پیچ و تاب دادن میل‌های بافتنی‌اش. زن پیراهن صورتی دست‌هایش را گذاشته بود روی شانه‌های زن پیراهن سفید و به شعله‌های آرام آتش چشم دوخته بود.

گلوله‌ی نخ میان سبد، آهسته‌آهسته به دور خودش می‌چرخید و لب‌های سرخ زن پیراهن صورتی آرام‌آرام به لب‌های زن پیراهن سفید، نزدیک و نزدیک‌تر می‌شد...

•••

فریبا گفت:

ـ یک فیلمی دیده بودم که راجع به علاقه و ارتباط جنسی دوتا دختر جوان به هم بود. دوست داشتم. احساس خوبی بهم می‌داد و از دیدنش لذت می‌بردم. کریسمس سال گذشته، آرش کلی هدیه بهم داده بود. خیلی پسر نجیب و محترمیه، اما من هیچ علاقه‌ای به رابطه با هیچ مردی ندارم.

فنجان چای را می‌گذارم کنار یکی از صندلی‌های راحتی و روی زمین می‌نشینم. فریبا پشت به من ایستاده بود و زُل زده بود به تابلوی روی دیوار، زنی عریان در آغوش مردی که جام شراب را به طرفش گرفته بود.

برگشت و نگاهم کرد. گفت:

ـ همیشه اینقدر کم حرف و بی‌حوصله‌ای؟

شروع کردم به چای خوردن و او شروع کرد دور و برش را نگاه کردن. چشم‌هایش همان نگاه گنگ و حیرت‌زده را داشت و من نگاه کردم به صفحه‌ی تلویزیون. کانال‌ها را یکی پس از دیگری تغییر می‌دادم...

●●●

مرد به کوبه‌ی در می‌کوبید. از داخل حیاط صدای زن می‌آمد که می‌گفت:

ـ صبر کن آمدم. اینقدر عجله نکن...

زن میان سال که چادرش را به دور کمرش بسته بود و گل‌های روسری‌اش به رنگ تیره و خاکستری بود، در را باز کرد و در پهنای دروازه ایستاد.

مرد سلام کرد و گفت:

ـ بی‌بی آسیه، آمده‌ام کوکب را ببرم. شب کوچه‌ها خلوت و بی‌اعتبار است. گفته بودم صبر کند تا خودم بیایم از پی‌اَش.

صدای واق واق سگ از کوچه‌های آبادی و گَه‌گاه زوزه‌ی شغال و گرگی از دور دست‌ها شنیده می‌شد.

زن جوان سرش را از گوشه‌ی دروازه بیرون آورد و گفت:

ـ سلام آقا کریم... من آماده‌ام برویم.

و با شرم گوشه‌ی چادرش را روی چارقدش کشید.

به انتهای کوچه که رسیدند، زن را نشاند ترک دوچرخه‌اش و خودش نشست روی زین و گفت:

ـ حالا ننه آسیه نیست که قسم به گیس سفیدش بدهد. محکم بشین و نترس.

زن چشم‌هایش را بسته بود و خودش را چسبانده بود به پشت مرد و دستانش را محکم حلقه کرده بود به دور کمرش. مرد شروع کرد به رکاب زدن و دوچرخه آهسته‌آهسته شروع کرد به رفتن. زن پشت پیراهن مرد را گرفته بود توی دستش.

چشم‌هایش را بازکرده بود و می‌خواست دست بگذارد روی شانه‌ی مردش و نترسد. مرد گفت:

ـ نترس کوکب. اینقدر کیف دارد که نگوو...

و هر دو شروع کردن به خندیدن.

●●●

چایی فریبا دست نخورده مانده بود. برای خودم دوباره چایی ریختم. نگاهی به ساعت دیواری انداختم. کمی از دوازده گذشته بود. تلویزیون را خاموش می‌کنم. فریبا نگاهی به ساعت روی دیوار انداخت و نگاهش را به من دوخت و گفت:

ـ از آرش خوشت میاد؟

ابروهایم را انداختم بالا و نگاهش کردم و با سر اشاره کردم؛ نه ...

روبه‌رویم نشسته بود و تکیه داده بود به دیوار و سرش پایین بود و پای راستش را گذاشته بود روی پای چپش و ساپورت نازکش، ران‌های سفید و گوشتی‌اش را نشان می‌داد. سرش را بالا آورد و لبخندی زد و دستش را برد میان موهایش و آرام چشم‌هایش را بست.

فریبا بیوه‌ی جوانی بود که به قول خودش، پرده‌ی بکارتش هنوز سالم و دست نخورده مانده بود. با صورتی گندمی و پوستی سفید، موهایی سیاه رنگ و پرپشت، ابروهایی نازک و کشیده و چشمانی میشی رنگ. چشمانش غمگین ولی مست و عشوه‌گر بود. موهایش روی پیشانی‌اش ریخته بود و گیس‌های بافته‌اش تا باریکه‌ی کمرش می‌رسید. شاداب بود و وقتی می‌خندید، گونه‌هایش چال می‌افتاد. گفت:

ـ ازش خوشم میاد. حیف که مقام خانوادگی‌شان از من بالاتر است و خدمتکارشان هستم.

و من با اشاره‌ی سر، حرفش را تأیید کردم.

گردنش را کج کرده بود و سرش را تکان می‌داد. رنگش پریده‌تر به نظر می‌رسید. فقط می‌خواست به من بقبولاند که آرش، آش دهن‌سوز خودش است و من باید پایم

را از معرکه‌اش بکشم بیرون.

گفت:

ـ تو همه چیز را می‌دانی؟

اشاره کردم؛ نه و گفتم:

ـ چه چیزی را باید بدانم؟

گفت: «اگر می‌خواهی برایت تعریف می‌کنم.»

و من شانه‌هایم را انداختم بالا و گفتم: «هر طور که دوست داری.»

فریبا صورتش را آورده بود نزدیک‌تر. آرام به من تکیه داد و آهسته گفت:

ـ ازت خوشم میاد.

چشم‌هایش همان نگاه گنگ را داشت. به نعلبکی زیر فنجان اشاره کردم. لبخندی زد و با انگشتان کشیده‌اش، روی لبش کشید.

حرفی برای گفتن نداشتم. سکوت بود و او دوباره شروع کرده بود به حرف زدن و پرسش‌های بی‌سر و تهش که مانند موریانه مغزم را می‌خورد.

پرسید: «قبل از پرستاری مادرهلنا کجا بودی و چه کار می‌کردی؟»

و من بی‌حوصله گفتم: «هیچ جا...»

باید توضیح می‌دادم که چرا به ایران آمده‌ام و نگاهی به ساعتم انداختم. نزدیک به یک نیمه‌شب بود.

دیدم می‌خندد. پرسیدم: «چیه؟»

گفت: «چرا اینجا؟!»

بازهم سؤال مزخرفی پرسیده بود و من هیچ حرفی نزدم، چون ارزشش را نداشت. در نظرم حتی فاحشه‌های شهر هم به او شرف داشتند.

میهمان‌ها در حال رفتن بودند و فریبا رفته بود، چراغ‌های سالن و آشپزخانه را خاموش کند و من توی رختخواب دراز کشیده بودم و در این فکر بودم که چرا این موضوع را به من گفته است؟!

سرگذشت تلخ هردوی‌مان در تاریکی مطلق، نقطه‌ی مشترکی داشت. هردوی‌مان قربانی سنت‌ها و اعتقادات خشک و بی‌اساس و غیرانسانی شده بودیم. گفته بود، پرده‌ی بکارتش ارتجاعی است و این را بعدها فهمیده بود که تا وقتی زایمان نکند، بکارتش سالم می‌ماند. وقتی که شب زفاف، هیچ اثری از لکه‌ی خون نمی‌بینند، شوهرش او را به بادکتک می‌گیرد و آبرویش را می‌برد و به او تهمت زنا و فاحشگی می‌زند. آن شب هیچ‌کس باور نکرده بود که او بکارتش سالم و پاکدامن است و هیچ رابطه‌ای باکسی نداشته است. حتی ملای روستا هم به زناکار بودنش حکم داده بود و طلاق را واجب دانسته بود.

غرق در خاطرات وگذشته‌های تاریک خودم و سرگذشت تلخ فریبا بودم که او لبخندزنان با دوگیلاس شراب سرخ وارد اتاق می‌شود...

هفتم

زیر دوش حمام بودم که فریبا در زد و گفت:

ـ حوله را گذاشتم پشت در...

شیرآب را بستم. حالم بهتر شده بود و احساس سبکی داشتم. حوله را که پیچیدم به دور خودم، ساعتم را از روی میز برداشتم و نگاهی به آن انداختم. کمی از هشت صبح گذشته بود.

فریبا گوشه‌ی اتاق ایستاده بود و چشم دوخته بود به من. پرسید که خوب خوابیده‌ام یا نه؟

و بی‌آنکه منتظر جوابم باشد، گفت:

ـ به کم خوابی و شب بیداری عادت دارم و صبح‌ها کله‌ی سحر بیدار می‌شوم.

درحالی‌که حوله را با دست‌هایم دور کمرم گرفته بود، آمدم کنار پنجره. دستم را

ازروی حوله برداشتم و باز صدای فریبا بود که می‌گفت:

- مادرهلنا کارت داشت و سراغت رو می‌گرفت. چایی رو دم کردم، می‌روم میز صبحانه رو بچینم. هر وقت آماده شدی بیا پایین.

لباس‌هایم راکه می‌پوشیدم احساس می‌کردم، کمی تنگ‌تر شده‌اند و چسبیده‌اند به اندامم. موهایم را شانه زدم و ازپله‌ها آهسته‌آهسته پایین رفتم. گرامافون روشن بود و موسیقی گوش‌نواز و ملایمی به همراه روشنایی دل‌انگیز خورشید که ازپشت شیشه‌های شفاف پنجره، توی سالن پذیرایی افتاده بود و تابلوی شام آخر را چشم‌نوازتر می‌کرد، آرامش بی‌نظیر و هارمونی وصف ناپذیری ایجاد کرده بود. فریبا با نظم خاصی، میز صبحانه را آماده کرده بود و من درحال چایی ریختن بودم که خانوم و آقا آمدند توی پذیرایی.

مادرهلنا پرسید:

- دیشب مهمان‌ها زود رفتند؟

آقای دکتر خندید و گفت: «خیلی زود آمده بودند و خیلی دیر هم رفتند.»

و دوباره خندید.

تلفن زنگ خورد و دیانا گوشی را برداشت و بعد از احوال پرسی و مکالمه‌ای کوتاه، گوشی را به طرف مادرهلنا گرفت و گفت:

- آرش پشت خطه! میگه از مادر بپرس بیام دنبالش؟

مادرهلنا گفت:

- بپرس ناهار را چه کار می‌کند؟ با ما می‌ماند؟

آقای دکترکه اشتهایی به خوردن صبحانه نداشت و کنار پنجره ایستاده بود و بیرون را تماشا می‌کرد، گفت:

- من با آرش قرار ناهار گذاشته‌ام.

بعد از جمع کردن میز صبحانه و شستشوی ظرف‌ها و مرتب کردن آشپزخانه، با یک لیوان آب پرتقال به طرف اتاق مطالعه می‌روم. در می‌زنم، دستگیره را به

طرف پایین فشار می‌دهم و آرام خودم را در پهنای در قرار می‌دهم. سلام می‌کنم و مادرهلناکه همیشه لبخندی بر لب دارد با مهربانی می‌گوید:

ـ خوش آمدی نرگس جان. بیا بنشین کنارم تا باهم کمی گفتگو کنیم.

روی صندلی راحتی مقابلش می‌نشینم و به کتابی که در دستش بود خیره می‌شوم تا بتوانم نام کتاب و نویسنده‌اش را بخوانم. نگاهی به من می‌اندازد و شروع می‌کند به بلند خواندن.

ـ عشق را از «عَشَقه» گرفته‌اند و عَشَقه آن گیاهی است که در باغ پدید می‌آید، در بُنِ درخت. اول بیخ در زمین سخت می‌کند، سپس سر بر می‌آورد و خود را در درخت می‌پیچد و همچنان می‌رود تا تمام درخت را فراگیرد. چنان درخت را در بند و شکنجه می‌کشد که نَم در میانِ رَگ و ریشه‌ی درخت نمی‌ماند و هر غذا که به واسطه‌ی آب و هوا و خاک به درخت می‌رسد، به تاراج می‌برد تا آنگاه که درخت پیر و خشکیده می‌شود.

عشق را از «عَشَقه» گرفته‌اند و عَشَقه آن گیاهی است که...

چشم دوخته بودم به تصویر مسیح مصلوب که آرام نگاهم می‌کرد و نگاهش آرامش می‌داد و بازصدای مادرهلنا درگوشم می‌پیچید که زمزمه می‌کرد و می‌گفت:

ـ اَسرار عشق در قلب است...

و سپس کتاب را بست و گفت:

ـ دختر جان، تو حتماً واژه‌ی کُسموس (Cosmos) را شنیده‌ای؟

احساس شرم داشتم. گردنم را کج کردم و شانه‌ام را بالا انداختم و با اشاره گفتم: «نه.»

چشم دوخته بودم به کتابی که در دستش بود و حروف را هجی می‌کردم و او دوباره کتاب را بازکرده بود و چشم دوخته بود به نوشته‌های صفحات کتاب و آرام آرام ورق می‌زد.

شهرنوش پارسی‌پور را به زحمت توانستم از عطف کتاب بخوانم.

مادرهلنا گفت:

ـ بسیار خوب، من برایت توضیح می‌دهم.

کتاب را بست و روی میز گذاشت و نیمی از آب پرتقال را سرکشید و من به نیمه‌ی پر لیوان نگاه می‌کردم که سطح لرزان روی آن، آهسته‌آهسته به سُکون تبدیل می‌شد. در دلم آرزو می‌کردم، توضیحاتش راجع به سکس و مسائل جنسی نباشد.

ـ «کُسموس» یعنی جهان. یعنی کیهان و تمام دنیا. این واژه از دو قسمت تشکیل شده است. اول (کُس) و دوم (موس) که به زبان انگلیسی به موش می‌گویند. «کُسموس» (Cosmos) یعنی این دنیایی که داری به آن نگاه می‌کنی، به اندازه‌ی کُسِ موش است؛ یعنی خیلی کوچک. یعنی قدرت دید و پهنای ذهن ما آدم‌ها محدود و کوچک است. جهان، میلیاردها سال نوری از هر سو گسترده است.

مغزم داشت سوت می‌کشید. دیگر نمی‌خواستم بشنوم. بیشتر از آنکه پرستارش باشم، مصاحبش بودم و شاید هم یک موش زبان بسته آزمایشگاهی که باید فقط می‌شنیدم و تأیید می‌کردم و هیچ نمی‌گفتم.

به کتاب‌های میان قفسه نگاه می‌کنم که با ترتیب و نظم خاصی در کنار هم چیده شده بودند، با رنگ‌های گوناگون و اندازه‌های مختلف و در دلم آرزو می‌کردم که ای کاش می‌شد یک جلد از دیوان خلیل الله خلیلی را به مادرهلنا می‌دادم و او لبخند می‌زد و من همچنان ساکت نشسته بودم تا به اجبار به حرف‌هایش گوش دهم.

به ساعت نگاه کردم. از ده گذشته بود و مادرهلنا پرسید:

ـ خوب تو بالأخره می‌خواهی چه کار کنی؟ با ما می‌ایی یا...

گفتم: «اگه اجازه بدید، می‌مانم تا به فریبا کمک کنم، بعد هم می‌روم خانه.»

و دیگر چیزی نگفتم و مادرهلنا هم ساکت بود و چشم دوخته بود به تصویر مسیح که فریبا در زد و به میان اتاق آمد و گفت:

ـ مادر، آقای دکتر گفتند، تشریف بیارید، آماده‌اند برای رفتن!

هشتم

مادرهلنا را تا دروازه‌ی حویلی همراهی می‌کنم. کارگر شاروالی مصروف جارو
کردن و پاک‌کاری خیابان بود. آرش کنار موتر شاسی بلند مشکی‌اش ایستاده بود و
سیگار می‌کشید. اصرار می‌کرد که همراه‌شان بروم و سیگاری تعارف کرد و من رویم
را برگرداندم به طرف مادرهلنا و آرش دستپاچه دروازه موتر را برای مادر بازکرد.
خداحافظی کردم و رفتم مابین حویلی.

دیانا گفت:

«عصر می‌بینمت.»

گفتم:

«چشم و از آقای دکتر تشکر کردم.»

فریبا مرا زیر نظر گرفته بود. دروازه را که بستم به طرفش رفتم و گفتم بهتر است

برویم به کارهایمان برسیم.

گفت:

ـ مثل اینکه بدجور توی گلویش گیر کردی!

و آرام دستش را برد میان موهایش.

صدای زنگ تلفن پیچیده بود توی پذیرایی. به همراه فریبا داخل می‌شویم و او گوشی را برمی‌دارد و پس از چند گفتگوی کوتاه، صدایم می‌کند و می‌گوید:

ـ آرش...

کنار پنجره ایستاده بودم و نگاهش می‌کردم. می‌گویم: «بگو دستش بند است، بعداً خودم تماس می‌گیرم.»

به طرف آشپزخانه می‌روم. فریبا گوشی را می‌گذارد و به طرفم می‌آید و می‌گوید:

ـ خوب، آخرش می‌خواهی چه کار کنی؟

می‌گویم: «هیچ!»

و صدایش مانده بود در گوشم که می‌گفت:

ـ آخرِ همه‌ی عشق‌ها و محبت‌های‌شان ختم می‌شود به سکس و رابطه جنسی.

پشت به من ایستاده بود و دست چپش میان جیب کوچک عقب شلوار جین آبی‌اش بود. برای خودم چای ریختم و نشستم روی صندلی کنار شومینه و شروع کردم به خوردن چایی‌ام. سکوت بود و دوباره صدای فریبا میان گوشم پیچید که می‌گفت:

ـ قصد ناراحت کردنت را نداشتم.

چشم‌هایش همان نگاه غمگین را داشت. وقتی که از علاقه‌اش به رابطه‌ی سکس با من گفت، حتی فاحشه‌های شهر هم در نظرم شرف داشتند نسبت به او.

گفت:

ـ حالا یه چیزی گفتم و یه موقعی هم هزار و یک گوه جور واجور خوردم، خوب خاک بر سر من. حالا تو چرا اینقدر تلخ شدی و قیافه می‌گیری؟

بعد ساکت شد و نفس عمیقی کشید و احساس کردم، بغضی میان گلویش مانده است. بی‌اختیار آمدم کنار پنجره و انگار عادت شده بود هر وقت که احساس خفگی می‌کردم، ناخودآگاه به طرف پنجره کشیده می‌شدم و باز دلم می‌گرفت.

گفت:

-گور پدر و خواهر و مادر جنده‌ی خارجی‌ها. لامصبا چقدر توی ابراز علاقه و رابطه‌هاشون آزادند و ما باید حسرت آزادی اون‌ها رو بخوریم! خاک بر سر ما.

و من گفتم:

-گور پدر هرچی عشق و علاقه و رابطه است...

نهم

ناهار را با فریبا خوردم. لباس پوشیدم و آمدم بیرون. کنار خیابان دست تکان دادم. تاکسی زرد، آهسته‌آهسته سرعتش راکم کرد و ایستاد.

گفتم: «مستقیم.»

راننده گفت: «بیا بالا...»

و سوار شدم. راننده پی‌درپی آیینه بالای سرش را تنظیم می‌کرد تا نگاهش را در من متمرکز کند. میان‌سال با صورتی گوشتالود بود که ریش‌هایش را از ته تراشیده بود. گوشی‌اش را برداشت و شروع کرد به گرفتن شماره.

ـ الووو...

به حاشیه‌ی خیابان چشم دوخته بودم.

ـ الوووو... داش اکبر کجایی؟

از شدت کنجکاوی، گوش‌هایم تیز شده بود. راننده با کمی مکث گفت:

ـ حاجی من دارم می‌رم خونه. خانوم بچه‌ها رو الان رسوندم ترمینال. تا آخر هفته هم نیستن، تنهام. واسه امشب یه‌گوشت مَشتی ازون خوشگل‌هاش ردیف کن خوش بگذرونیم.

صورت قرمز و بد ریخت راننده را توی آیینه می‌دیدم که چشم دوخته بود به من. برق نگاهش، لرزه‌ای به تنم می‌انداخت. بدنم سست شده بود. یاد حرف‌های دیشب فریبا افتادم که می‌گفت:

ـ زن‌ها در نظر مردها مثل گوشت هستند و ما را برای لذت‌شان می‌خواهند.

خودش می‌گفت، بارها راننده‌های زیادی به او پیشنهاد دوستی و رابطه داده‌اند وگاهی هم بدش نمی‌آمده که از بعضی‌های‌شان شماره‌شان را بگیرد.

نفس کشیدن برایم سخت شده بود. هنوز به مقصدم نرسیده بودم که با ترس گفتم:

ـ آقا پیاده می‌شم.

چشم‌هایم تار شده بود وگوش‌هایم سنگین. در را بازکردم وکرایه را روی صندلی کنار راننده انداختم و با سرعت از ماشین خارج شدم و به سمت پیاده‌رو دویدم. انگار همه‌ی آدم‌ها مثل هم هستند. مانند هم فکر می‌کنند و قدرت و اقتدارشان را در شهوت و غریزه‌ی جنسی و آلت مردانگی‌شان می‌دانند و فقط لهجه و رنگ و قیافه‌شان و ملیت‌شان عوض می‌شود. بعضی آدم‌ها موجودات گَند وکثافتی هستند. لجن هستند. مردها بیشتر و زن‌ها هم...

حالم از خودم و از همه‌ی آدم‌ها به هم می‌خورد. تُف می‌کنم روی زمین و به تاکسی زرد رنگ نگاه می‌کنم. می‌بینم درون تاکسی، خوک گوشتالودی با سر بزرگ و بینی پهنش به طرفم چشم دوخته بود و زبان سرخ و بزرگش را به دور دهانش می‌گرداند. تاکسی، آهسته‌آهسته درانتهای خیابان از جلوی چشمانم دور می‌شد و من راه خودم را می‌رفتم؛ مانند تمام مسافرینی که به فکر مقصدشان هستند. گاه کُند

و آهسته وگاهی با شتاب در مسیرشان در حرکتند.گاهی به مقصد می‌رسند وگاهی هم نمی‌رسند. اما مفکوره‌ی پریشان و ذهن خسته‌ام، قدم‌هایم را سست کرده بود.

دیروز در خیابان، مزاحمت و متلک شنیدن و رفتار وحشتناک خادم مسجد و امروز خوک کثیفی که راننده‌ی تاکسی بود. شاید هم قضاوت من عجولانه و اشتباه بوده و رنج‌ها و خاطرات سیاه و تلخ گذشته‌ام بر روی تفکرات و نگاهم نسبت به دیگران تأثیر منفی گذاشته است.

آمبولانس آژیرکشان رد می‌شود و من در مفکوره‌ام حادثه‌ای را می‌سازم تا تصویر خوک گوشتالود را از ذهنم دور کنم. شروع می‌کنم به مرور کردن تصاویر و ساختن و پرداختن به حادثه‌ای که آمبولانس به خاطرش، آژیرکشان و با سرعت بسیار از خیابان تیر شده بود.

مرد جوان روی زمین افتاده بود و خون زیادی روی کف خیابان ریخته بود. آدم‌های زیادی دورش جمع شده بودند و بعضی‌هایشان به خیابان نگاه می‌کردند. شاید انتظار آمدن آمبولانسی را می‌کشیدند که لحظه‌ای پیش از جلوی چشمانم آژیرکشان به سرعت گذشته بود.

در گوشه‌ای از خیابان، ماشین مدل بالای سفید رنگی، نامنظم و درهم توقف کرده بود و خط سیاهی از کشیده شدن لاستیک چرخ‌هایش بر روی آسفالت تَرَک خورده‌ی خیابان خودنمایی می‌کرد. زن جوان به ماشین تکیه داده بود و سرش را میان دست‌هایش پنهان کرده بود و گاهی سراسیمه و با ترس اطراف را نگاه می‌کرد. بی‌قراری در چشم‌های قرمز و خیسش موج می‌زد. دور و برش تعدادی مرد ایستاده بودند و بعضی‌هایشان اظهار تأسف می‌کردند. پلیس داشت مردم را از اطراف جسد پراکنده می‌کرد.

کنجکاو شده بودم. رفتم به میان جمعیت. دو مرد سفیدپوش به سرعت خودشان را بالای جسد رساندند و پس از معاینه، روی برانکارد گذاشتند و از میان جمعیتی که بی‌اختیار راه باز می‌کردند و دوباره پیش می‌آمدند، به طرف آمبولانس

رفتند.

کیک تولد توی سینه‌ی مرد جوان له شده بود و میان دانه‌های بافته شده‌ی خاکستری رنگ شال‌گردنش، تکه‌های کوچک کیک چسبیده بود.

آمبولانس آژیرکشان رفت و جمعیت متفرق شده بودند و من در مفکوره‌ام به دنبال چیز گمشده‌ای می‌گشتم.

تمام حوادث گذشته با شتاب در جهان ذهنم در حرکت بودند و در تلاش بودم تا در همین سیر و سفرها، قصه‌ی زندگی‌ام به مقصد برسد. گاهی در همین مسیرها و در تمامی قصه‌ها، دو نفر به هم می رسیدند و من دوست داشتم قصه‌ی من هم...

در کورسوی ذهنم، تصویر مات و مبهمش را که از پشت پنجره‌ی ساختمان روبه‌رو‌گوشه‌ی پرده را کنار زده بود و به حویلی نگاه می‌کرد، جای می‌دادم. دوستش داشتم و در باورم سرنوشت همه‌ی آدم‌ها بود که باید ازدواج می‌کردند تا یکدیگر را دوست داشته باشند.

احساس گناه می‌کردم از گذشته‌ام و هر لحظه تحمل می‌کردم زجر گناه ناخواسته‌ای را و می‌ترسیدم در گذشته‌هایی که هیچ اختیاری نداشتم، به مرد زندگی آینده‌ام خیانت کرده باشم...

دهم

صبح یک روز پاییزی بود که از صدای بسته شدن دروازه‌ی حویلی روبه‌رو، احمد به
طرف پنجره‌ی اتاقش رفت. شَمالَک دلپذیری از باز شدن کِلکین، صورتش را نوازش
می‌داد. سرش را از پنجره‌ی اتاق بیرون آورده بود تا کوچه را بهتر ببیند. دخترک را
دید که آرام‌آرام در انتهای کوچه، ناپدید می‌شد. به ساعت روی دیوار نگاه کرد. کمی
از ده گذشته بود.

سال‌های زیادی می‌گذشت از روزی که نیروهای طالبان، برای بار دوم وارد
شهر مزار شده بودند.

مردم از اوایل صبح صدای فَیر می‌شنیدند و فکر می‌کردند که جنگ بین کدام
حزب درگرفته است و نمی‌دانستند که طالبان به شهر رسیده‌اند.

هرج و مرج و آشفتگی در شهر به وجود آمده بود. مردم بی‌اختیار به هر سوی

می‌دویدند و توسط موتَرهایی که سعی در تَرک منطقه و شهر داشتند، برخورد می‌کردند.

احمد قوطی‌های رنگ و جعبه‌ی واکسش را به زحمت از زیر دست و پای جمعیت هراسان جمع کرده بود. از ترس نفسش بند آمده بود. کم‌کم صدای فَیر مَرمی‌ها نزدیک و نزدیک‌تر می‌شد و احمد بیرق‌های سفید را می‌دید که به سمت مرکز شهر پیش می‌آمدند.

لُنگی‌های سیاه با بَیرق‌های سفید، به هر چیزی که حرکت می‌کردند، فَیر می‌کرد. از ماشین‌داری که بر روی جیپ‌ها و موترهای جنگی‌شان بود، به افراد غیرنظامی درکوچه و بازارو سَرَک‌ها و مناطق مسکونی، فَیر می‌کردند. مَرمی‌ها مانند ژاله می‌باریدند.

احمد خودش را از ساحه‌ی روضه‌ی سخی به خانه رسانده بود. مادر، مابین حَویلی ایستاده بود و محبوبه را در بغلش گرفته بود که گریان می‌کرد. احمد را که دید، نفس آرامی کشید. بغضش را فروخورد و صورتش را بوسید.

فریادهای مردم، ترس و وحشت را به جانشان انداخته بود. طالبان با بَیرق‌های سفیدشان شهر را گرفته بودند و تعداد بی‌شماری طفل و زن و مرد را به قتل رسانده بودند. مردها رالَت وکوب می‌کردند. بیشترشان در همان جایی که دستگیر می‌شدند، تیرباران می‌گشتند و گلوی بعضی‌های‌شان هم بریده می‌شد. همه‌ی خانه‌ها را تلاشی می‌کردند و بعضی مردهای دستگیر شده را دست‌هایشان را می‌بستند و به سَرهایشان فَیر می‌کردند. همه‌ی آن‌ها افراد ملکی و غریب کار بودند و نظامی و یا جنگجوی حزب نبودند. هزاران مرد را درکانتینرهای فلزی موترهای باربری بزرگ، زندانی کرده بودند و در دشت‌ها مانده بودند که از شدت گرمای زیاد و خفگی، تلف شده بودند.

احمد آن روزها را هرگز از یاد نمی‌برد. ژنرال را هم فراموش نمی‌کرد. زندگی‌اش را مدیون او بود که نگذاشته بود به بردگی جنسی گرفته شود و بچه بی‌ریش

قوماندان‌های ریش‌دار شود.

لُنگی سیاه‌های طالب با بیرق‌های سفیدشان همه چیزش را ازاوگرفته بود. به چشم خود دیده بود، قتل عام مردم و خونریزی وحشیانه‌شان را. آن روزها را هرگز از یاد نمی‌برد. وقایع تلخ همیشه در یاد و خاطره‌ی انسان می‌مانَد، حتی بیشتر از خاطرات خوب.

سال‌ها ازآن واقعه‌ی قتل عام گذشته بود. در یک روز بهاری که به برگ‌های سبز و شکوفه‌های درختان وگل‌های حیاط روبه‌رو چشم دوخته بود و غرق در خاطرات آن روزهای مزارشده بود، برای اولین بار او را دیده بود. اسمش راگذاشته بود حمیرا.

صبح شنبه‌ی یک روز پاییزی بود که صدای بسته شدن دروازه‌ی حَویلی روبه‌رو او را به طرف کلکین اتاقش کشانده بود. تا شب به انتظار دخترک نشسته بود که برگردد و نامه‌ای راکه لایِ دروازه‌ی حیاط‌شان مانده بود، به دستش برسد.

بعدازظهر یکشنبه بود که نرگس، آهسته‌آهسته درکوچه قدم می‌زد و برای رسیدن به دروازه‌ی حیاط‌شان هیچ عجله‌ای نداشت. چشمش به انتهای کوچه بود و بر روی کلکین ساختمان بلند منزل روبه‌روی خانه‌شان می‌دوید. کلید را که درون قفل حیاط چرخاند، از باز شدن دروازه، کاغذی پیش چشمانش پیچ و تاب خورد و جلوی پایش بر زمین افتاد. وارد حَویلی شد. کاغذ را برداشت و نگاهی به اطرافش انداخت و دروازه را بست. حوادثی که برایش رُخ داده بود، ذهنش را مشوش کرده بود. چراغ را روشن کرد و وارد اتاق شد.

بعدازظهر یکشنبه‌ی دلگیری بود. ساعت دیواری با صدای خفه‌ای تیک‌تاک می‌کرد. شال را از روی سرش کشید و روی کاناپه انداخت و درحالی‌که دکمه‌های مانتواش را باز می‌کرد به آشپزخانه رفت تا سماور را روشن کند. روی مبل دراز کشید وکاغذ را بازکرد.

خون به صورتش دویده بود. اضطراب و هیجان وگرما و سرما به یکباره بر سرش ریخته بود و در وجودش افتاده بود. تیک‌تاک ساعت، سکوت اُتاق را می‌شکست.

میان هر تیک‌تاک، قلبش هزاران بار به دیواره‌ی قفسه‌ی سینه‌اش می‌کوبید. ایستاد تاکمی قدم بزند. منصرف شد و دوباره روی مبل درازکشید و نامه را بازکرد تا با دقت بیشتری بخواند.

کلمات روی کاغذ جلوی چشمانش می‌رقصیدند. انگار واژه‌ها خواناتر و دلنشین‌تر و روان‌تر شده بودند. اضطرابش کمتر شده بود و قلبش آرام‌تر می‌زد. غَلتی زد و پتو را روی سرش کشید. چشم‌هایش را بست تا بتواند جملات را بهتر در ذهنش مجسم کند.

یازدهم

نزدیک پنجره رفت... احمد میان حویلی ایستاده بود و نگاهش می‌کرد. تاریک بود. پنجره را بازکرد و گفت:

- بهتره خوب گوش کنی تا خوابی رو که برایت دیده‌ام، تعریف کنم!

احمد خندید و گفت:

- چرا داد می‌زنی؟ من سال‌ها است که توی خواب‌هایت زندگی می‌کنم!

به طرفش رفت. دست‌هایش را بازکرد و به آرامی خواست او را در آغوش بگیرد. نرگس خودش راکنارکشید و با صدای بلندی شروع کرد به گریه کردن. لب‌هایش می‌لرزید.

احمد پرسید: «چراگریه می‌کنی؟»

نرگس صورتش را با دست‌هایش پوشاند و آرام‌آرام در میان هِق‌هِقش شروع

کرد به حرف زدن تا بتواند میان اشک‌هایش، خوابش را تعریف کند. گفت:

ـ من دیگر نمی‌توانم ادامه بدهم!

احمد که از شنیدن این حرف غافلگیر شده بود، پشت به پنجره کرد.

آسمان کبود شده بود و سکوت سردش را با بارش تند برف‌های خاکستری رنگ می‌شکست. بغض آسمان ترکیده بود. شب سرد و خوفناکی شروع شده بود. احمد نگذاشته بود که نرگس خوابش را برایش تعریف کند. در مسیر نامعلومی پیش می‌رفت و برف زیر پاهایش، قِرچ قِرچ صدا می‌کرد.

نرگس به آسمان چشم دوخته بود و با خودش حرف می‌زد:

ـ باید جایی دیگر و دور از اینجا و بدون او زندگی بهتری هم باشد.

احمد در انتهای باغ ناپدید شده بود...

دوازدهم

صدای زنگِ در، نرگس را از خواب پرانده بود. قلبش تندتند می‌زد. به سرعت خودش را به پنجره رسانده بود و پرده را کنار زده بود تا حویلی را بهتر ببیند. هوا درگرگ و میش یک عصر پاییزی فرو رفته بود و کم‌کم داشت تاریک می‌شد.

شال را روی سرش انداخت و به طرف دروازه رفت تا چراغ حیاط را روشن کند. عرق سردی روی پیشانی‌اش نشسته بود. درحال بستن دکمه‌های مانتواش بود که دروازه باز شد و مادرهلنا قدم به حویلی گذاشت و به همراهش دیانا و ناهید که سگ سفید پشمالویش را به بغل گرفته بود، وارد حویلی شدند. مادرهلنا که چشمان قرمز و صورت رنگ پریده‌ی نرگس را دید، گفت:

ـ دختر جان خیلی زود برو لباس گرم بپوش. به دیانا می‌گویم جوشانده برایت درست کند تا کمی سرحال بیایی. تو اگر بیمار بشی، کسی نیست که از تو مراقبت کند.

آرش که وارد حیاط شد، نرگس به سرعت به اتاق برگشت. نیم‌نگاهی به آیینه‌ی قدی توی راهرو انداخت. شالش را مرتب کرد و پتو را از روی مبل برداشت و نامه را توی جیبش گذاشت و به اتاقش رفت.

آب سماور خشک شده بود. شوفاژ را روشن کرد و سماور را دوباره پر آب کرد و روی اجاق گذاشت تا باز هم بجوشد...

سیزدهم

داشتم ناامید می‌شدم. دو روز کسل کننده‌ی لعنتی انتظار آمدنش را کشیده بودم و خودم را سرزنش می‌کردم که چرا نرفته بودم ببینمش. حداقل فقط یک سلام و علیک و خداحافظی.

کاپشنم را می‌پوشم و از پله‌ها می‌آیم پایین. چراغ‌های پارکینگ را روشن می‌کنم و می‌روم بیرون تا کمی قدم بزنم و هوایی بخورم. باران به شدت می‌بارید. راه افتاده بودم توی خیابان‌ها، خیس شده بودم و داشتم بیشتر عصبانی می‌شدم و لَج کرده بودم با خودم. زیر باران لامصب همین‌طور راه می‌رفتم و احساس بودنش را نمی‌توانستم از خودم دور کنم. حس می‌کردم به من چسپیده است و خیابان‌ها و خانه‌ها را تماشا می‌کند. تا دیر وقت داشتیم زیر باران راه می‌رفتیم و من به بلاتکلیفی‌ام فکر می‌کردم و در این بلاتکلیفی و سردرگمی، چندین ساعت زیر باران

راه رفتـه بـودم و خیـس شـده بـودم و از خانـه، مسافـت زیـادی دور شـده بـودم.

نوشتن نامه ساده نبـود. دلشـوره داشتـم کـه نکنـد کاغذ لای در وازه تَر شـده باشـد و یا دختـرک با موهای خیـس و چشمـان زیبایـش، با خشـم و نفـرت، زیـر باران بـه پنجـره ی اتاقـم چشـم دوختـه باشـد!

خسته شده بودم و توان و حوصله ی پیاده برگشتـن نداشتـم. باران هـم کـه وِل کـن نبـود و ماشین ها هـم کـه انگار رفتـه بودنـد بـه رُخصتـی و آن هایـی هـم کـه می آمدنـد، قصد مسافرکشی نداشتنـد و بـه خیال دربستـی ایسـتاد می شـدند. اشاره کردم، تاکسـی ایستـاد. سـوار شـدم و بـه راننـده گفتـم دربسـت بـرود نیـاوران. راننـده اول سـاکت بـود. بعد شروع کرد صحبت کردن از سیاست و قضیه ی تصادف ماشین و خانه شان که در پاییـن شهر بود و من دلـم می خواسـت کـه حرف هایـش را نَشنـوم و او خفـه شـود. شـروع کـرد بـه توضیح دادن، طـوری کـه آدم از سر ناچاری مجبور است گوش دهد بـه اینکه روزها در یک دفتر روزنامه کار می کنـد و عصرها هم برای درآوردن مخارج و هزینه های زیاد زندگی، مسافرکشی می کنـد. از اینکه خبرهای داغ همان روز را پیش از دیگران می خوانـد، خوشحال بود و خودش را با آمار مطالعه روزانه و اطلاعات عمومی کـه از حل جدول در اوقات بیکاری اش بـه دست می آورد، آگاه تر و با فرهنگ تر از عمـوم مردم می دانست. با ذوق و اشتیاق بی اندازه ای تعریف می کرد کـه: «چند وقت پیش یک خانمـی تـوی آفتابه ی توالـت، اسیـد ریختـه و فلکـه ی آب را بسـته و اصل و نسب شوهرش را جلوی چشمـش آورده.»

نمی توانستم خودم را از معرکه ای کـه گرفته بود، بیرون بکشـم. یکسره داشت از حوادث شهری تعریف می کرد و من یا مردم را تماشا می کردم کـه بـه دنبال سرپناه بودنـد و یا خانه ها را از پشت شیشـه ی خیـس و بخار گرفتـه ی ماشین کـه زیر باران بـه کنـدی در حال حرکت بـود.

خودش نمی فهمید؛ اما من خوب می فهمیدم کـه داشتم لحظه بـه لحظه بیشتر عصبانی می شـدم. حوصله ام سر رفتـه بود و از سر بیکاری می خواستم کـه دلـم بـه

حال راننده و خودم و همه‌ی آدم‌ها بسوزد و در دلم خدا خدا می‌کردم که هرچه زودتر خفه شود.

وقتی رسیدم خانه، لیوانی چای ریختم تا با خوردنش کمی گرم بشوم. دوباره باز یاد نامه افتادم و نشستم کنار بخاری و به حرف‌های بی‌سروته راننده فکر کردم. از دلسوزی نبود همه‌اش حرف‌های قشنگ می‌زد. می‌گفت:

ـ ما اصلاً نمی‌فهمیم زندگی چطور چیزیه؟! صبح تا شب شعار می‌دهیم «زنده باد زندگی» و یک مشت دکتر و روانشناس و کارشناس می‌آیند توی تلویزیون و روزنامه‌ها و رسانه‌ها می‌گویند زندگی چنان است و چنین و بَه‌بَه و چَه‌چَه و... همین‌ها خودشان انسانیت و زندگی را به لَجن کشیده‌اند و نابود کرده‌اند. فقط بلدند حرف‌های قشنگ و اُطوکشیده بزنند. فقط زِر می‌زنند و حرف مفت و ادای انسانیت در می‌آورند.

و باز از حوادث توی روزنامه می‌گفت که:

ـ فلان آدم از بس فشار زندگی رویش زیاد بوده، نتوانسته تحمل کنه و زَده زن و بچه‌اش را... اَستغفر الله. دهان آدم رو به گند باز می‌کنند. ریده به زندگیش و با اَخلاق گوه سگی‌اش یه طایفه را به گا داده... به نظرت مقصر اصلی کیه؟ خدا نگذره از باعث و بانی این همه بدبختی و فقر و فحشا...

و صدای راننده محو می‌شد در قِرچ قِرچِ برف پاک‌کن ماشین که روی شیشه‌ی تَرَک خورده به سختی کشیده می‌شد.

اصلاً تکلیف آدم‌ها با خودشان و زندگی و روزگار لامصبش، روشن نیست. هیچ چیز ساده نبود و من از کودکی رنج این روزگار را کشیده بودم.

پتو را روی سرم می‌کشم. سرما به جانم نشسته بود و گرمای بخاری هم، مانع لرزش بدنم نمی‌شد. قطرات باران، وحشیانه و بی‌پروا خودشان را به پنجره‌ی اتاق می‌کوبیدند. چِک چِکِ قطرات، هر لحظه بیشتر می‌شد و صدای شُرشُر باران به گوش می‌رسید.

به طرف کِلکین می‌روم. به یکباره چنان سرمای شدیدی را از پشت کِلکین احساس می‌کنم که به جانم می‌افتد و احساس خفگی و لَرز مرا از پای درمی‌آورد و زمین‌گیرم می‌کند.

کنار بخاری دراز می‌کشم و پتو را روی سرم می‌کشم. چشم‌هایم را می‌بندم. صَدای تَق‌تَق دندان‌هایم که به هم می‌خوردند همچون صدای پیوسته‌ی رگبار کلاشینکوف و مسلسل‌هایشان بود که از روی جیپ‌ها و موترهایشان به افراد ملکی و غیرنظامی در مناطق مسکونی، خیابان‌ها و بازارها فَیر می‌کردند.

مَرمی‌ها مانند ژاله می‌باریدند و من چشم دوخته بودم به لُنگی سیاه‌هایی که با بیرق‌های سفیدشان، شهر را گرفته بودند و مردم را قتل عام می‌کردند.

چهاردهم

باران بند آمده بود و آسمان شروع کرده بود به باریدن برف. پیوسته برف می‌آمد و تمام سطح زمین یخ‌بندان و برف‌بندان شده بود و تمامی موترها در خیابان‌ها و جاده‌ها تصادف کرده بودند.

راننده‌ی تاکسی را دیدم که با سر و رویی خونی و زخمی، کنار خیابان افتاده بود و جسدش یخ‌زده بود و ژاله‌ها سقف ماشین‌ها و خانه‌ها را ویران کرده بود و من از پشت کِلکین می‌دیدم که روزنامه‌های فردا را باد می‌برد و کلاغ‌ها در آسمان می‌چرخیدند و با صدای بلندی اخبار حوادث را قارقار می‌کردند.

بعد آفتاب تندی آمده بود و افتاده بود روی برف کوچه‌ها و درخت‌ها.

رفته بودم به پشت‌بام تا برف‌ها را پاروکنم که صدای آواز دخترک را از حویلی روبه‌رو شنیدم. آدمک برفی ساخته بود و با خوشحالی به دورش می‌رقصید و

شالش را در هوا می‌چرخاند.

دستم را به طرفش درازکردم تا موهایش را نوازش کنم. چشمان دخترک میان صورتک آدم برفی گم شده بود و سرش در دستان من بود. آدمک برفی به یکباره سرخ شد، جیغ کشید و من از پشت بام به کوچه پرتاب شدم.

پانزدهم

چشم‌هایم را که باز کردم. نفسم بند آمده بود و گلویم از شدت سُرفه می‌سوخت. پتو را از روی صورتم کشیدم. تمام بدنم داغ شده بود و بالشت زیر سرم خیس شده بود از عرق صورت و پیشانی‌ام و از شدت ترس، همچنان می‌لرزیدم. لب‌هایم از عطش خشک شده بود. پتو را کنار زدم. لیوان چای کنار بخاری نیم‌خورده مانده بود. به طرف کِلکین رفتم. باران همچنان می‌بارید و حَویلی روبه‌رو در سکوت سرد و تاریکی فرو رفته بود.

شانزدهم

دیانا چشم دوخته بود به صفحه‌ی تلویزیون. مرد تنومندی با ضربه‌های تبر،
شاخه‌های درختان را قطع می‌کرد. ناهید گرامافون را روشن کرده بود و صدای
ویران کننده‌ی موسیقی و صدای چِک‌چِک قطرات باران، درهم آمیخته بود.
صدای زوزه‌ی اَره برقی و سپس خرد شدن شاخ و برگ‌های درختی که بر روی
زمین می‌افتاد و مرد تنومندی که تبر را کج گرفته بود و می‌خندید.

نرگس در ذهنش حساب می‌کرد و روزهای باقی‌مانده تا کریسمس را می‌شمرد.
از زمستان حالش به هم می‌خورد. از سوز و سرمای شب‌های تاریک کابل هم متنفر
بود. عسکرهای طالب را پیش چشمش مجسم می‌کرد که با آن ریش‌های بلند
حنایی رنگ و چَپَن‌های چرکین و بزرگ‌شان در روزهای سرد و برفی زمستان کابل،
به طرف سالنگ راه بازمی‌کردند و شنیده بود در روزهایی که برف‌گیر می‌شدند و یا

در قریه‌ای می‌ماندند، بعضی‌های‌شان که اعتقادی به انسانیت نداشتند و از این خاک و سرزمین نبودند، حاضر بودند برای همخوابی با زنان و دختران جوان، دست به هر جنایتی بزنند و هیچ گریزی نبود از این سرنوشت شوم در سرزمین نفرین شده!

سالنگ برایش قطعه‌ای از بهشت بود و «دشت گلغوندی» با گل‌های ارغوانی‌اش هیچگاه از ذهن و خاطره‌اش فراموش نمی‌شد و او هرچقدر بزرگ‌تر می‌شد، غم‌ها و غصه‌هایش هم بزرگتر می‌شد. از وقتی که نیروهای طالبان آمده بودند، دیگر چهره‌ی خندان مسافرینی که از سالنگ عبور می‌کردند را ندیده بود.

مردم یا از ولایت‌های شمالی به طرف کابل به مقصد کشورهای ایران و پاکستان می‌گریختند و یا از ترسِ جان‌شان از کابل به طرف مزار و بدخشان و دیگر ولایت‌های شمالی می‌رفتند و این سرگردانی همچنان ادامه داشت.

آن شب که به طرف کابل می‌رفتند، چرخ‌های موتر حاملشان میان برف‌ها مانده بود و ماشین یخ‌زده بود. سوز سرمای شب، نفس کشیدن را برایش سخت کرده بود. سگ‌ها زوزه می‌کشیدند و هر لحظه ترسش بیشتر می‌شد از اینکه شنیده بود، آن‌ها بکارت دختران را به قیمت زیادی معامله می‌کنند و زنان جوان و دختران را به پاکستان انتقال می‌دهند.

دکتر ادموند با صدای بلندی گفت:

ـ می‌روم شامپاین بگیرم. سونیا و دکتر آرمن را نیز دعوت می‌کنیم برای شام؟

دیانا از جلوی پنجره گذشت و گفت:

ـ بله. میوه هم بگیر.

و به طرف آشپزخانه رفت.

ناهید درحالی‌که توبی را به بغل گرفته بود به پذیرایی آمد. صفحه‌ی گرامافون خَش‌دار را برداشت. عاشق سمفونی بتهوون و آهنگ‌های موتزارت بود و رقص انگشتان ظریف و کوچکش روی کلیدهای پیانو، چشم‌نواز و دیدنی بود.

شعله‌های آتش میان شومینه چِس‌چِس صدا می‌دادند و قَد می‌کشیدند در

امتداد روزنه به طرف بالا و محو می‌شدند. آرش وارد اتاق شد و گفت:

ـ جِداً آب حوضچه یخ زده است؟!

مادرهلنا گفت:

ـ بله خوب طبیعی است. قانون طبیعت همین است.

نرگس دوست نداشت بیاید داخل سالن تا مجبور شود در چشم‌های او زُل بزند. خودش را با وسایل آشپزخانه سرگرم کرده بود. دیانا دستش را گذاشت روی شانه‌ی نرگس. آهسته خندید و گفت:

ـ حالا دیگر آرام شده است. همه چیز درست می‌شود.

بعد رفت به طرف میز تلویزیون تا کنترل را بردارد.

حالا دیگر زمستان را در کنار دیانا و ناهید و مادرهلنا و آقای دکتر دوست داشت و منتظر بود تا اولین درخت نوئل کریسمس را آذین‌بندی کند.

···

بعد از صرف شام، آرش شروع کرد به خواندن مقاله‌ای درباره‌ی فقر و فحشا و روسپیان جوان و لابه‌لای صحبت‌های دکتر آرمن، مادرهلنا گفته بود:

ـ وای خدای بزرگ... چرا برای این دخترهای بیچاره کسی کاری نمی‌کند؟!

دیانا در مورد رنج‌آور شدن زندگی در خاورمیانه حرف می‌زد و اینکه چطور فقر و فحشا باعث دین‌گریزی و عدم امنیت جامعه و به‌خصوص خانواده‌ها می‌شود.

مادرهلنا به آهستگی پرسید: «آیا زندگی در غرب بهتر است؟»

و دکتر آرمن شروع کرد به توضیح درباره‌ی تجارت برده‌های جنسی از اروپای شرقی که هر روز بیشتر می‌شود و آرش گفت: «راجع به عروسک‌های لولیتا چیزهایی را شنیده است.»

نرگس بی‌اختیار مجبور بود به قصه‌های زیادی گوش دهد. گفتگوی آن‌ها در ذهنش جان گرفته بود، انگار هر کجا که می‌رفت، باید خاطرات گذشته‌اش را همراهش می‌برد. خاطره‌هایی دور و تاریک که از جلوی چشم روسپی جوان

می‌گذشت و روی تخت یکی از اتاق‌های منزلی در یکی از مناطق کابل متمرکز می‌شد و او هیچ اختیاری در تکرار این سرنوشت عجیب و ناخواسته‌اش نداشت و در مسیر جریان یکنواخت داستان یک زندگی پوچ، به اجبار تن داده بود به تن‌فروشی. اوایل صبح می‌خندید و خلوت هراس‌انگیزی را از خاطره‌ی تلخ و دردناک و سرد شب گذشته‌اش تا انتهای روز تحمل می‌کرد و با نجاست خودش تنها می‌ماند.

مادر هلنا از آرش پرسید:

ـ بعد از کریسمس برمی‌گردی به استکهلم؟

دیانا نگاهی به مادر انداخت و پیش از آنکه آرش حرفی بزند، گفت:

ـ اگر بخواهد می‌تواند همین جا تحصیلش را ادامه بدهد یا اینکه...

آن‌ها باهم گپ می‌زدند و از کلاف سردرگم زندگی می‌گفتند و گاهی حرف‌ها و سؤال‌های بی‌سر و ته که حوصله‌ی نرگس را در آشپزخانه سَر برده بود. ناهید با سگ سفید کوچولوی پشمالویش به همراه سونیا، نامزد دکتر آرمن توی حیاط قدم می‌زد. ادموند پیراهنی را که به سلیقه‌ی خودش خریده بود، پوشیده بود و دیانا از رنگ و مارک معروفش تعریف می‌کرد و می‌گفت چقدر به او می‌آید.

پیوند میان آدم‌ها چقدر دور و دست نیافتنی به نظر می‌رسید. فاصله‌ی میان انسان‌ها و افکارشان و در میان قهقهه‌ی سرمستی آن‌ها، خبری از شادی در کنج خاطرات تارگذشته‌ی نرگس وجود نداشت.

چه کسی می‌توانست رنج خاطراتش را درمان کند؟ نمی‌توانست حرفی بزند و خودش را سبک کند از حرف‌های ناگفته‌ای که روی دلش مانده بود و بگوید که به اجبار تَن داده است و کنارشان خوابیده است. زخم خاطرات را نمی‌شد بَست. حالش دگرگون شده بود و قابل تحمل نبود برایش.

چشمش که به دیانا می‌افتاد، به اجبار لبخندی می‌زد و خودش را خوشحال از سرمستی آنان نشان می‌داد. باورش مشکل بود، فراموش کردن و پیدا کردن راهی برای علاج زخم‌های چرکین گذشته‌اش. آن‌ها دیگر از دخترهای بیچاره که به خاطر

فَقر، تَن‌فروشی می‌کردند و تجارت برده‌های جنسی و کودکان کار و ضعف سیستم مدیریتی و ناامنی خاورمیانه و مهاجرت و کارخانه‌های تولید محصولات بهداشتی و پیشگیری حرفی نمی‌زدند. از چیزهای شاد می‌گفتند و می‌نوشیدند و از سالن‌های تئاتر پاریس و اُپرای معروفش گپ می‌زدند، انگار زندگی به یکباره برایشان معنا و مفهوم جدیدی پیدا‌کرده بود و زندگی را در لحظه و نوشیدن و سَرمستی و بی‌خیالی می‌دیدند. سرشان که حسابی گرم می‌شد، به گفتگوهای سیاسی مشغول می‌شدند.

نرگس تا آن شب هیچ‌وقت درگیر موضوعات سیاسی نشده بود و از این بابت هم هیچ‌وقت متأسف نبود...

هفدهم

آن شب میان رختخواب، تمام خاطراتش را مرور کرده بود و از اینکه توی اتاق خودش تنها بود، خوشحال بود. اتاق خوابی که متعلق به خودش بود، بدون اینکه کسی مجبورش کند کنارشان بخوابد تا به اجبار بخواهد خاطره‌ی وحشتناک و دردناک آن شب‌ها را تا انتهای آن روز و حتی روزها و سال‌های زیاد تحمل کند.

از مرگ نمی‌ترسید. از تنها چیزی که وحشت داشت این بودکه چشم‌هایش را باز کند و به جایی برگرددکه دیگر وابستگی‌اش را از آنجا بریده بود. وقتی لابه‌لای گفتگوی میهمان‌ها شنیده بودکه به خاطر تقلب در رأی‌گیری، قرار است انتخابات ریاست جمهوری در افغانستان تکرار شود، پوزخندی زده بود و در دلش به این حقارت‌ها گریه کرده بود و افسوس خورده بود. وضع ناامیدکننده‌ای در سرتاسرکشورش بود. حس می‌کرد اوضاع برایش گُنگ و نامفهوم شده است و هیچ درک درستی ندارد.

پوست صورتش به زردی می‌زد و چشم‌هایش درخشش نداشت. خسته و
وامانده بود. روی تخت درازکشیده بود و چشم دوخته بود به نقش‌های درهم
پرده‌ی پنجره‌ی اتاقش که هیچ معنا و مفهومی برایش نداشت.

توی ذهنش به دنبال راهی می‌گشت که چطور تلفن بزند و چگونه شروع
کند، حالاکه او در نامه‌اش احساسش را بیان کرده بود و شماره‌اش را نوشته بود و
اسمش راگفته بود؟!

لبخندی زد و زیر لب آهسته گفت: «همین فردا صبح و چراغ اتاقش را خاموش
کرد!»

هجدهم

آفتـاب افتـاده بـود روی کـف خیـس حویلـی و درخت‌هـا انـگار دوش گرفتـه بودنـد. یـک حالتی داشتند.

آمـده بـودم بیـرون و تمـاس گرفتـه بـودم و بی‌مقدمـه گفتـه بـودم کـه حرف‌هایـش را بزنـد. خیلـی دلـش می‌خواسـت کـه باهـم بیـرون برویـم تـا بیشـتر آشـنا شَـویم و مـن چیـزی نگفتـم. فکرکـردم حالاکـه او پیش‌قـدم شـده و علاقـه‌اش راگفتـه اسـت، مـن راجـع بـه احساسـاتم چیـزی نگویـم و پشـت تلفـن حرفـی نزنـم. فقط گفتـم: «بهـتر اسـت مدتـی بگـذرد تـا بیشـتر همدیگـر را بشناسـیم و او باز تکرار کـرده بود کـه همدیگـر را ببینیـم.» دیگر چیزی نگفتم و او هم سکوت کرده بود.

بـه آشـپزخانه برگشـتم و طبـق معمـول قهـوه‌ی مادرهلنـا را آمـاده کـردم و بـه اتاقـش بردم.

مادرهلنا گفت:

ـ چرا آقای جوان را دعوت نمی‌کنی، به منزل بیاید تا ما هم با او آشنا شویم؟!
مات و مبهوت نگاهش می‌کردم و مانده بودم و اصلاً نمی‌دانستم و نمی‌توانستم
توضیح بدهم. به نظرم ابلهانه بود و نباید دیانا این موضوع را به مادرهلنا می‌گفت.
خیلی دلم می‌خواست توضیح بدهم؛ اما زبانم باز نمی‌شد. در دلم آرزو می‌کردم که
ای کاش دیانا اینجا بود و خودش همه‌ی ماجرا را به جای من و دوباره می‌گفت و
من می‌رفتم توی اتاقم و راحت روی تخت دراز می‌کشیدم و نمی‌شنیدم که آن‌ها
چه چیزی به هم می‌گفتند و باز مادرهلنا شروع کرده بود به حرف‌های فلسفی و
انسانی و صدایش پیچیده بود توی گوشم و سعی می‌کردم تمام ذهن آشفته‌ام را
متمرکز کنم.

روی صندلی مقابلش نشستم و چشم دوختم به صورتش که از پشت عینکش
نگاهم می‌کرد و حرف می‌زد و حواسش بود که به حرف‌هایش گوش می‌دهم یا
نه! و بی‌مقدمه شروع کرده بود به حرف زدن:

ـ پشت این نقاب و تصویری که از آدم‌ها داریم، جنون جنسی نهفته است.
همه‌ی حیوانات و جانوران و موجودات زنده، برای بَقا و تولید مثل، فعالیت جنسی
می‌کنند؛ اما این آدم‌ها علاوه بر حفظ بَقا و تولید مثل، به هزاران دلیل دیگر و توجیه
مزخرف، جنون جنسی خود را به رُخ می‌کشند و به رابطه‌ی جنسی و سِکس و حتی
رابطه‌ی هم‌جنس‌گرایانه تمایل دارند. لذت، غرور، به رُخ کشیدن مقام و ثروت،
پایان دادن به دعواها و اختلافات قومی و قبیله‌گی، تضمین پیمان صلح میان
قبیله‌ها و قدرت‌ها، گسترش مذهب، رقابت، حسادت و ... و بدترین بخش از این
جنون جنسی این است که همه‌ی ماجرا و صرف وقت و انرژی به لحظه‌های مربوط
به رابطه جنسی و آمیزش محدود نمی‌شود، بلکه این جنون جنسی، بیشترین وقت
را در سایر مواقعی که سِکس نداریم، در بر می‌گیرد و ذهن را درگیر تخیل و برنامه‌ریزی
برای سِکس‌های بعدی، یادآوری‌های رابطه‌های قبلی، و تقویت و دستیابی به

راه‌هایی که طول مدت سِکس و احساس لذت را بیشتر کند، می‌انجامد.

ما جهان سومی‌ها ازدواج می‌کنیم و می‌گوییم چون عاشق همدیگر شده‌ایم که گاهی این تفکر و پیروی از سنت‌ها، یک حقیقت موقت و گذرا است. ما به جای آن‌که از احساس زیبای عشق لذت ببریم، آن را با عنوان پیوند زناشویی، به قرارداد و حَصر ابدی تبدیل می‌کنیم.

به گفته‌ی گوته شاعر آلمانی:

«عشق یک ایده‌آل است و ازدواج یک واقعیت. مغلطه‌ی بین ایده‌آل و واقعیت چیزی جز عذاب در بر نخواهد داشت.»

نوزدهم

گاهی می‌شود که حرف‌هایی دارم، ناگفته‌هایی که در گوشه‌ای از دلم مانده. درد دل‌هایی که نمی‌توانم آن را با کسی در میان بگذارم. هیچ‌کس نباید بشنود و بفهمد و از این دردها سر در بیاورد. خاطراتی که پوسیده‌اند و زخم‌های این خاطرات، عفونت چرکینی دارند که هرکجا می‌روم با من هستند. مانند موجود سرگردانی شده‌ام که مبدأ هستی خود را گم کرده است. نمی‌دانم به کجا می‌روم و چه می‌کنم و می‌ترسم کم‌کم به سوی پوچی و نابودی کشیده شوم.

به مادرهلنا نگاه می‌کنم. دهانش باز و بسته می‌شود و لب‌هایش حرکت می‌کند. نمی‌شنوم؛ اما کلمات را می‌بینم که در یک مسیر به طرفم می‌آیند و ناگهان از هم جدا می‌شوند و در فضای اتاق پخش می‌شوند. کم‌رنگ می‌شوند، انگار رنگ ندارند و بی‌رنگ هستند. بعضی از آن‌ها که نزدیک‌تر می‌شوند؛ مانند

حباب‌های سرگردان می‌ترکند و به نقطه‌های بی‌شماری تبدیل می‌شوند و در هوا پخش می‌گردند.

ذوق می‌کنم. می‌خندم و دستم را دراز می‌کنم. حباب‌ها به محض نشستن روی کف دستم می‌ترکند. انگشتم را در مسیر حرکتشان قرار می‌دهم. این بار حباب‌ها با برخورد به نوک انگشتانم می‌ترکند. لاک قرمز ناخنم را می‌بینم. به مونیکور روی ناخنم خیره می‌شوم، انگار تازه دیدمشان و برایم تازگی دارند.

دیانا می‌گفت لاک قرمز را دوست دارد. به ناهید گفته بودم گل‌های روی ناخنش را برای من هم بکشد.

خوشم می‌آید و از دیدنشان ذوق می‌کنم. دیگر حباب کلمات در هوا پخش نمی‌شوند. مادرهلنا فنجان قهوه‌اش را در دست‌هایش گرفته بود و نگاهم می‌کرد. لب‌هایش آرام و بی‌حرکت به روی هم افتاده بود. نگاهش می‌کنم. فنجان را روی نعلبکی می‌گذارد. از میان فنجان، چند حباب کوچک به طرف بالا می‌روند، انگار هنگام نوشیدن قهوه، از دهانش توی فنجان افتاده بودند. می‌ایستم و دستم را به طرف‌شان دراز می‌کنم.

حباب عذاب از لای انگشتانم فرار می‌کند. حباب عشق از برخورد با انگشتم، مسیرش عوض می‌شود و به حباب ازدواج می‌رسد. به هم که می‌خورند هردوی‌شان می‌ترکند و در هوا پخش می‌شوند. حباب‌های کم‌رنگ می‌ترکند. حباب عذاب بالا و بالاتر می‌رود و ناپدید می‌شود.

مادرهلنا همچنان نگاهم می‌کند و من فنجان خالی را میان سینی می‌گذارم و به طرف آشپزخانه می‌روم.

بیستم

دیشب خواب دیدم که یک دفعه چنان سرمای شدیدی شد که هیچ سابقه نداشت. مرتب و یکسره برف می‌آمد و تمام رود سالنگ و دریای کابل یخ بسته بود و موتَرها از سالنگ تا پُل خُمری تصادف کرده بودند و آدم‌ها یخ‌زده بودند.

دلم برای احمد نگران بود که در اتاقش از سرما یخ نزده باشد. مردم در خیابان به صف ایستاده بودند و مرد زغال‌فروش می‌گفت:

- زغال‌سنگ تمام شده است. هیچ چیز برای سوخت نمانده است.

ژنرال پیر می‌گفت:

- بروید سرهای بی‌مغز و بی‌دیانتی‌تان را به جای زغال‌سنگ بسوزانید که باعث این همه بدبختی و آوارگی و بی‌چاره‌گی خودتان و مملکت گشته‌اید. افکار خُشکتان را بسوزانید، شاید که توانستید جسم‌تان را از سرما نجات بدهید.

عسکرها مردم را لَت می‌کردند و خواهر و مادر و زَن‌های‌شان را با فحش‌های ناموسی‌شان به زِنا می‌گرفتند.

پدرم به دیوار تکیه داده بود و روی زمین نشسته بود و با صدای بلندگریه می‌کرد. دلم برایش نسوخت. آرزو کردم که یخ بزند و جسد متعفنش را سگ‌های گرسنه پاره‌پاره کنند.

احمد از پشت بام ساختمان روبه‌رو نگاه می‌کرد. میان حویلی، کنار حوضچه ایستاده بودم.

شروع کردم به ورق زدن کتاب صد سال تنهایی که نامه را میانش مانده بودم. یک هفته‌ی تمام شب و روز برف بارید و من تمام کتاب را ورق زدم و تمام نوشته‌هایش را خواندم تا اینکه بالاخره آفتاب برآمد و گل‌های میان حویلی شکوفه دادند و درختان پوشیده از برگ‌های سبز شده بودند و احمد همچنان از پشت بام نگاهم می‌کرد.

تلفن کردم و گفتم مادرهلنا برای تعطیلات آخر هفته رفته است و تنها هستم.

حیاط به باغ بزرگی تبدیل شده بود و انتهایی نداشت و پربود از درختان میوه. روی شاخه‌های درختان بادام، گل‌های سفیدی نشسته بودند. باغ همه‌اش شکوفه بود.

احمد که آمد دستش را محکم گرفتم و به دنبال خودم کشیدم تا تمام باغ را نشانش بدهم. همه جای باغ راگشتیم. شکوفه‌ها رنگ عجیبی داشتند و پر از احساس شده بودم از خواستنش. می‌خواستم بخواهمش و باز حرفی نزدم.

آمدیم کنار رود سالنگ که سرشار از آب بود و هوای مست‌کننده‌ای داشت.

هیچ‌کس نبود و هیچ موتری به طرف کابل نمی‌رفت. احمد ساکت بود و می‌خواستم که مرا در آغوش بگیرد. در دلم غوغایی بود و عطش داشتم و می‌خواستمش.

از پدرش گفت که چطورکشته شده و یاد پدرم افتادم که چطور مرا در قمارش باخته بود و چگونه افتاده بودم میان لَجن‌زار و از این عصبانی بودم که چرا اجازه

داده بودم احمد وارد ذهنم شود و خاطرات متعفنم را ببیند.

مثل سگ پشیمان شده بودم.

پرسید: «چه کار می‌کنی؟»

گفتم هیچ و دیگر چیزی نگفتم و او هم سکوت کرده بود و هیچ نمی‌گفت!

بیست و یکم

سالنگ واقعاً زیبا بود. دره‌های سرسبز، کوه‌های سر به فلک کشیده و خانه‌هایی بزرگ و حویلی‌هایی پر از گل و درخت. انگار تکه‌ای از بهشت را جدا کرده بودند و روی زمین مانده بودند.

وقتی که کوه‌ها و دشت‌ها و حتی شاخه‌های درختان و حویلی پوشیده از برف می‌شد، آسمان دیده نمی‌شد و من باریدن برف را از پشت کِلکین تماشا می‌کردم، فرشته‌ها را می‌دیدم که با بال‌های سفیدشان، دانه‌های برف را به آرامی و با شکوه از آسمان به زمین می‌آوردند.

وقتی که سرمای ماه حوت بی‌رمق می‌شد و بوی نوروز می‌آمد، هوا بهاری می‌شد و عشوه‌گری‌های گل‌ها و شکوفه‌های درختان می‌رسید و بوی پختن سِمَنَک، کوچه پس کوچه‌های شهر و آبادی‌ها را پر می‌کرد. آرزویم دیدن دوباره‌ی سالنگ در کنار

مادرم بود و شنیدن قصه‌های مادرکلان که ازکوه قاف می‌گفت، ازگذشته‌های دورکه سینه به سینه رسیده بودند و نَقل شده بودند و یقین که به آیندگان هم می‌رسیدند. اولین سالی بودکه بعد از مُردن نامادری‌ام، سال نو به مزار نرفتیم و مادرکلان پیش‌مان آمده بود. خوشحال بودم ازاینکه نامادری‌ام دیگر نیست تا آزارم بدهد.

آفتاب بعدازظهرهای بهار را دوست می‌داشتم. هنوز هم دوست دارم. بهار وقت نو شدن است. همه چیز رنگ زندگی به خود می‌گیرد. آسمان، درخت‌ها، کوچه‌ها، حیوانات و حتی گرمای خورشید.

آن روزها بعدازظهرها مابین حویلی کنار مادرکلان می‌نشستم و به کفترهای روی بام همسایه‌مان چشم می‌دوختم. مادرکلان ازکفترهای سفید مزار می‌گفت و من گاهی نگاهم همراه پروازکفترها می‌رفت تا خال آسمان و محو می‌شد در کوه‌های سر به فلک کشیده‌ی سالنگ.

بیست و دوم

جورابش را شُسته بود و لباس‌هایش را اُطو کشیده بود و کفش‌های واکس زده‌اش را توی اتاق، جلوی دروازه گذاشته بود. مانده بود که چطور به چشم‌های نرگس نگاه کند و چطور حرف‌هایش را بزند.

خروس نخوانده بیدار شده بود و هر بار که به ساعت نگاه می‌کرد، انگار عقربه‌هایش روی تخت دیوار خوابیده بودند و فقط صدای تیک‌تاک خروپف‌شان می‌آمد.

مانند تمامی روزهای پاییز و زمستان، کافه شلوغ بود، حتی اول بعدازظهر. احمد میز گوشه‌ی دیوار را انتخاب کرده بود و چشم دوخته بود به انگشتان باریک و کشیده و ناخن‌های لاک زده‌ی سُرخش. لبخندی بر لب داشت و منتظر بود که نرگس سر صحبت را باز کند.

نگاهی به چهره‌اش انداخت، مکثی کرد و گفت:

ـ نرگس جان ازکجای وطن هستی؟

برای یک لحظه، تمام خاطرات سردی که در طول زندگی اش برایش اتفاق افتاده بود، جلوی چشم هایش به حرکت درآمدند. سعی کرد عادی رفتار کند و خودش را به بی خیالی بزند، ولی چشم هایش و لرزش دستانش نتوانستند خودشان را عادی نشان بدهند. تلاش کرد که بیشتر از این اجازه ندهد و نگذارد احمد کنجکاوی کند. ناخودآگاه نگاه تندی به احمد انداخت. آب دهانش را به سختی قورت داد و چیزی نگفت.

موسیقی ملایمی توی کافه پخش می شد. سعی کرد بحث را عوض کند و گفت:

ـ تو برنامه ات برای آینده چیه؟

ـ قصد دارم به زودی از ایران بروم!

هنوز حرف های احمد تمام نشده بود که نرگس بهت زده گفت:

ـ کجا؟

ـ کابل، افغانستان...

نرگس با شنیدن افغانستان، قلبش از جای کنده شد. یک لحظه تمام رنگ و بوی کوچه ها و خیابان های کابل از ذهنش گذشت. با صدای لرزان گفت:

ـ ک ا ب ل؟

و دو دستش را روی میز گذاشت و چشم هایش را بست.

احمد که حیران مانده بود، گفت:

ـ شوخی کردم. گپ هایم را جدی نگیر. این روزها مگر مغز خر خورده باشی که دوباره برگردی به افغانستان.

نرگس خُشکش زده بود و مات و مبهوت نگاهش می کرد و حرفی راکه در دلش مانده بود و می خواست بگوید، نمی گفت. اندام کشیده ای داشت و موهایش خرمایی رنگ بود و چشم های خاکستری اش پر شده بود از اشک.

احمد گفت:

ـ قصد دارم قبل از کریسمس قاچاقی به ترکیه بروم. تعطیلات کریسمس تمامی

مرزها برای توریست‌ها باز هست و فرصت خوبی هست برای رد شدن از یونان و ترکیه. اگر با هم برویم و کِیس بدهیم، درصد قبولی‌مان بیشتر می‌شود. می‌رویم ژرمنی. من می‌شوم فرزند خوانده‌ی آنجلا مرکل و تو می‌شوی عروس صدراعظم آلمان.

به آرامی می‌خندید و دست‌های نرگس را میان دست‌هایش می‌فشرد.

برای نرگس، این لحظه‌ی اوج لذتش از زندگی بود. در ذهنش تمام سرنوشتش را به دست احمد داده بود و او هر کجا را که برایش انتخاب می‌نمود، با جان و دل قبول می‌کرد و پا به پایش می‌رفت. یک قمار دیگر، اما خودش خواسته بود و این بار خودش را برنده‌ی این بازی می‌دانست و از ته دل شروع کرده بود به خندیدن. بی‌خیال و بی‌توجه به نگاه‌های تحقیرکننده‌ی دختران و پسرانی که در کافه نشسته بودند و چشم دوخته بودند به هردوی‌شان...

تمام خاطراتش جلوی چشمش کوچک می‌شدند و دود می‌شدند. گونه‌هایش از شوق سُرخ شده بود و خودش را میان ماشین مرسدس بنز آخرین مدل توی خیابان‌های فرانکفورت و مونیخ تصور می‌کرد.

احمد صندلی‌اش را عقب‌تر کشید و منتظر بود که نرگس گپ‌هایش را بزند.

نرگس با کمی تردید و دودلی سرش را بالا گرفت و گفت:

- راستی به نظرت ما برای چی می‌خواهیم برویم و داریم از چی فرار می‌کنیم؟

احمد لبخندی زد و گفت:

- چه می‌دانم! شاید یک چیزی هست. به نظرت نداشتن هویت و آینده کافی نیست؟!

بیست و سوم

هواکم‌کم رو به تاریکی می‌رفت. نرگس خداحافظی کرده بود و رفته بود.

احمد را دعوت کرده بود که شام میهمان‌شان باشد تا با مادرهلنا آشنایش کند. احمد نپذیرفته بود و دست نرگس را گرفته بود و آرزو کرده بود که آینده‌ی خوبی داشته باشند.

نرگس در طول مسیرکافه تا خانه، به حرف‌های احمد فکر می‌کرد و هیچ توجهی به کوچه‌ها و آدم‌هایش نداشت.

نرگس گفته بود که برای اولین دیدار و آشنایی‌مان همین قدرکفایت می‌کند و نگذاشته بود احمد بیشتر از این کنجکاوی و پرسش کند. احمد به حرف‌های نرگس فکر می‌کرد و تمام طول مسیر، غرق در خاطرات کودکی‌اش در مزار شریف شده بود.

« قطعه‌ای از بهشت روی زمین باکبوتران سفید وگل‌های سرخش.»

یک لحظه پیش چشمانش تمام کوچه‌ها، بازار و خیابان پرشده بود از مردمی که با شتاب می‌دویدند و اطفال و زن‌ها و پیرمردهایی که می‌افتادند و زیر دست و پاها می‌ماندند. انگار زمان به عقب برگشته بود. به بیست سال قبل...

ترس را می‌شد از نگاه‌های وحشت‌زده‌ی مردم خواند. سرک‌ها به یکباره خالی از موتر و مردم شده بود، انگار به یکباره طاعون و مرگ مفاجات آمده باشد. مردم مرگ را فریاد می‌زدند و به طرف مسجدها می‌دویدند. بوی چربی سوخته، فضای شهر را پرکرده بود و دیگر از پرواز دسته‌جمعی کبوترهای سفید به دورگنبد فیروزه‌ای شاه مردان خبری نبود.

نرگس، دختری زیبا با اندام کشیده و موهایی خرمایی رنگ بود و احمد می‌خواست او را برای همیشه داشته باشد. گپ‌های احمد، نرگس را به یاد حرف‌های مادرهلنا می‌انداخت.

از دیدارش با احمد خوشحال بود. قبل از خواب حمام کرد و زود به رختخوابش رفت. درحالی‌که چشمانش را بسته بود، خودش را سوار بر قایقی کوچک می‌دید که در کنار احمد با ذوق و اشتیاق بسیار در دلِ دریا پارو می‌زدند و به طرف جزیره‌ی زیبایی که بهشت گمشده‌شان بود، می‌رفتند و گاهی ستاره‌ها را در مفکوره‌اش دنبال می‌کرد و شکل‌های مختلفی را در دل آسمان می‌کشید و داستان‌ها و صحنه‌های پرشوری در ذهنش می‌ساخت...

بیست و چهارم

عصر روز شنبه بود که نرگس تلفن کرد و گفت مادرهلنا فردا صبح برای مراسم مذهبی‌شان می‌رود کلیسا و تا غروب تنها است و دعوتم کرد تا برای ناهار میهمانش باشم.

وقتی پدرم کشته شد، مشکلات زندگی فرصت نداد درس بخوانم و دوران کودکی‌ام را زندگی کنم و لذت ببرم. از پدرم به یادگار، یک قفس و یک قناری برایم مانده بود. بعد از رفتنش، قناری دیگر نخواند. مادرم نیز دیگر نخندید. تمام خنده‌هایش ساختگی بود. یک روز برای محبوبه، مداد رنگی و دفتر خرید و گفت برایش رسامی بکشد. محبوبه یک پرنده کشید و من پرنده‌اش را میان قفس گذاشتم تا قناری تنها نباشد. دو پرنده میان قفس باهم بودند. باهم بودند؛ اما تنها بودند. پرنده‌ی محبوبه ساکت و بی‌حرکت بود و قناری من، آواز نمی‌خواند، انگار زبان هم را

نمی‌فهمیدند و فهمیده بودند که از جنس هم نیستند.

محبوبه روی کاغذ، یک جاده کشید و درختان را دورتر از جاده و رسامی را روی یک طرف قفس چسپاند.

پرنده‌ها که درختان را دورتر و دست نیافتنی دیدند، باز هم غمگین‌تر و افسرده‌تر گشتند.

قفس را گرفته و به چهارباغ روضه‌ی شریف رفتم تا شاید قناری دلش باز شود.

برگ‌های زرد و خشکیده‌ی درختان از وزش باد، بر روی حویلی ریخته بودند. باران می‌بارید و بیشتر مردم چَتر نداشتند. به چهارباغ رفتم. قفس را به درخت مقابل کفترخانه آویزان کردم.

کفترهای سفید درون کفترخانه بَغ‌بَغ‌بَغو می‌کردند، شاید در اندیشه‌ی عشق‌بازی بودند و یا شاید هم چشم دوخته بودند به آسمان که باران بند بیاید و دسته‌دسته پروازکنند.

باران که بند آمد، درِ قفس را بازکردم تا قناری پروازکند. مرغابی‌ها سرمست از بارش باران، میان گِل‌ولای حوضچه دست و پا می‌زدند. عطرگل‌های چهارباغ در بهار مست‌کننده بود و در پاییز هم رُخ زیبایی داشت. آرزو می‌کردم که ای کاش پدرم کشته نشده بود و دلم می‌خواست خواب پدر را ببینم که به سفر رفته است، روی عَرشه‌ی کشتی ایستاده باشد و دریا آرام و آبی باشد و مرغان دریایی در آسمان پروازکنند.

بیست و پنجم

حویلی جای باصفایی بود، پر از درختان و گل‌هایی که به خواب رفته بودند. نرگس می‌خواست تمامی حویلی و عمارت و حتی اتاق‌ها را نشانم بدهد.

پرسیدم:

ـ خوب بالاخره می‌خواهی چه کار کنی؟

خندید و گفت:

ـ اینجا ماندگار هستم.

به صورتش نگاه کردم و برای اولین بار دیدم که چقدر زیبا است، بیشتر از هر زمان دیگری و بیشتر از همیشه. موهای مواجش روی شانه‌هایش ریخته بود. چهره‌اش صاف و بینی‌اش کشیده و دهانی کوچک با لب‌هایی ابریشمی به رنگ شاه‌توت. رنگ صورتش برنزه و اندام ظریف و سینه‌هایی سفت و نو رسیده و کوچک

و باسنی خوش‌فرم. این کوچولوی دوست داشتنی در ذهنم نقش بسته بود و توی وجودم جان گرفته بود و هر لحظه بیشتر مرا در خود ذوب می‌کرد. نرگس با صدای آواز مانندش گفت:

ـ از دوران کودکی‌ام تصویر خورشید را که از پشت کوه‌های سالنگ در مِه صبحگاهی بالا می‌آمد، در خاطرم حفظ کرده بودم. رود بزرگ و خروشان و درختان سرسبز. این‌ها سرگرمی هر صبح و هر روزمان بود.

چشم دوخته بودم به فانوس دریایی که نور لرزانش به سطح امواج تاریک دریا افتاده بود و غرق در پی کشف زیبایی‌های پنهان این اثر خارق‌العاده بودم که گرمای دستان نرگس را به دورگردنم احساس کردم که مرا در آغوش گرفته بود.

کسی را که میان بازوانم و بر قلبم می فشردم و سرش را روی شانه‌ام داشتم، دختر زیبایی بود که مدت‌ها مرا وابسته به خودش کرده بود. بازوان گرم و لرزانش می‌خواست تمام وجودم را به درون خودش بکشاند. نفسش به شماره افتاده بود و بی‌تاب بود. در برابر چنین هم‌آغوشی، میان این همه عطر درهم آمیخته و شیرینی لب‌ها، توان و طاقتم را از دست داده بودم. نفس‌های تند و داغش را احساس می‌کردم و صدای بریده‌اش را می‌شنیدم که می‌گفت:

ـ برای همیشه و فقط مال تو هستم.

صورتم داغ شده بود و خون به رگ‌هایم می‌دوید. نرم و عصبی چون طوفان درهم می‌پیچید. احساس می‌کردم لوسترهای آویزان از سقف به لرزش در آمده بودند. نرگس آهسته و پیوسته می‌گفت:

ـ قول بده هیچ‌وقت تنهام نزاری.

گرمای نفس‌هایش را روی صورتم احساس می‌کردم. در مردمک چشمانش شعاع عجیبی می‌دیدم. کمی دورتر روی میز، دوگیلاس خالی و صلیب طلایی رنگ که روی سر در ورودی نصب شده بود و تصویر تابلوی عشای ربانی که بر روی دیوار خودنمایی می‌کرد.

نسیم ملایمی که از پنجره به درون پذیرایی می‌وزید، پرده را به رقص واداشته بود. سنگینی سَر، ناراحتم می‌کرد. احساس می‌کردم خاطره و قوه‌ی یادآوری‌ام مسدود شده است. سرم به شدت درد می‌کرد. نرگس همچون شراب سحرآمیزی کنارم نشسته بود و من با هیجان و لذت وصف نشدنی لب‌هایش را می‌بوسیدم و پِیک‌ها می‌زدم. افکارم شروع به باز شدن کرده بود. لحظه‌ای سکوت برقرار شده بود و نرگس ناخودآگاه با شرم خودش را پوشاند و لبخندی زد و گفت:

- باید گرسنه شده باشی! تا تو بروی دوش بگیری، من میز ناهار را آماده می‌کنم.

نمی‌شد راجع به چیزهایی که دور و برش و حتی توی ذهنش بود حرفی زد، چون به یکباره حالش دگرگون می‌شد و من باید قبل از اینکه از او خوشم می‌آمد و وابسته‌اش می‌شدم، بیشتر می‌شناختمش تا از این دخترهایی نباشد که با همه هستند و بعد از مدتی خسته می‌شوند.

گرامافون را روشن کرده بود و پنجره را بسته بود و صدای ملایم موسیقی خارجی در فضای پذیرایی پیچیده بود. آب را گذاشته بود جوش بیاید و من همه‌ی این‌ها را هم‌زمان با حرکاتش از نظر می‌گذراندم و او رو به من ایستاده بود و دور و برش را نگاه می‌کرد. چشم‌هایش نگاه گنگی را داشت.

به تابلوی عشای ربانی روی دیوار اشاره کردم. لبخندی زد و با انگشت‌های کشیده‌اش اشاره کرد به بطری روی میز و گفت:

- وودکا می‌نوشی؟

سرم را به علامت نه تکان دادم و نگاهی به ساعت روی دیوار انداختم. احساس ضعف و گرسنگی امانم را بریده بود. لبخندی زد و به طرف آشپزخانه رفت. وقتی برگشت گفت:

- یه دوش بگیر، حالت سر جاش میاد. منم تا برگردی میز ناهار رو آماده می‌کنم!

بیست و ششم

فنجان چایی را گذاشت روی میز. رنگش پریده بود و سرش پایین و نگاهش را پنهان می‌کرد، انگار پشیمان بود از حرف‌هایی که موقع خوردن غذا، به من گفته بود. شروع کردم چایی‌ام را با شکلات خوردن. سکوت بود و جَو سنگینی ایجاد شده بود. رفتم برای خودم چایی بریزم تا محو چشمان بی‌قرارش نباشم. چایی نرگس، دست نخورده باقی مانده بود. باید توضیح می‌دادم که چرا می‌خواهم بروم و به قول او باید می‌گفتم که از چه چیزی فرار می‌کنم!

به نعلبکی زیر فنجان چشم دوخته بودم. سکوت بود و انگار همدیگر را نمی‌دیدیم. در دلم ناامیدی و یأس از آینده‌ای نامعلوم با او به وجود آمده بود و انگار هیچ‌گاه به او دل نبسته بودم و عاشقش نشده بودم. فنجانش را گذاشت توی سینی و به نشان صلیب چشم دوخت. انگار آرامشش را از او می‌گرفت. نیمه‌ی

چایی‌ام را سرکشیدم و فنجان خالی‌ام را گذاشتم کنار فنجان نیمه پر میان سینی. نگاهش کردم. توی ذهنش فقط می‌خواست به من بقبولاند که اگر یک موقعی و یک روزی به هزاران دلیل موجه مجبور بوده است و مجبورش کرده‌اند و به اجبار تن در داده است و حالا...

سعی کردم میان افکارش جستجو نکنم. دستم را بردم میان موهایش و او آرام چشم‌هایش را بست. سرش را گذاشته بود روی شانه‌ام. احساس کردم شانه‌هایش می‌لرزد. میان هق هق و اشک‌هایش شروع کرد به حرف زدن...

بیست و هفتم

وقتی آمدم بیرون، کوچه خلوت بود و باران توی چشم‌هایم و زلزله در وجودم. پُک می‌زدم به سیگار تا حرف‌هایش را دود کنم، شاید پشت پنجره ایستاده بود و به آسمان نگاه می‌کرد که چقدر این روزها دلش را راحت خالی می‌کرد.

چقدر دلم می‌خواست بخندم؛ اما هیچ دلیلی برای خندیدن نداشتم. حالت تهوع گرفته بودم. چقدر لذت یک خواب گرم روزانه به دلم نشسته بود و چقدر افسوس روزهای انتظار را می‌خوردم و دلگیر بودم که شاید آخر این جاده، راهم را از او جدا کنم. او می‌ماند و من سال‌ها است که به رفتن فکر می‌کردم. تکلیف‌مان روشن نیست، انگار پریده باشم میان لجنزار به خاطر کسی که نبود و می‌دیدم که تنها مانده‌ام. هنگام خداحافظی گفت:

-احمد جان چرا اینقدر بهم ریختی؟

و خودش می‌دانست و می‌فهمید از حرف‌هایی که شنیده‌ام و او گفته بود، همه چیز را درباره‌ی گذشته‌ی خودش و راحتم کرده بود امروز. و بعد تا دروازه حویلی همراهم آمده بود...

بیست و هشتم

فریاد قومندان طالب، با سوزشی که بر صورتم از سیلی‌اش احساس می‌کنم همراه می‌شود. چشم‌هایم پر از اشک شده بود. دستم را روی صورتم می‌گیرم تا سیلی دیگری نزند. بوی واکس را در دهانم احساس می‌کنم. قومندان، پوتینش را مقابلم روی زمین می‌کوبد و می‌گوید:

ـ بسیار مَقبول و تمیز رنگ کن.

عسکرها می‌خندند. شهر سوت و کور است. خورشید غروب کرده بود و صدای جَفیدن سگ‌های گرسنه از کوچه پس کوچه‌های خلوت و جنگ‌زده شهر مزار، با زوزه‌ی باد همراه می‌شود.

بیست و نهم

آن روز صبح...

با آواز گنجشک‌ها از خواب بیدار شده بودم و به حویلی رفته بودم. دسته‌ای از گنجشک‌ها روی درخت کاج حویلی همسایه نشسته بودند. مادرم نمی‌گذاشت بروم. از میان دروازه‌ی حویلی، به کوچه دیده بودم. گنجشک‌ها روی درختچه‌ی حویلی نشسته بودند و آواز می‌خواندند. آسمان آبی بود و خورشید هنوز به وسط آسمان نرسیده بود. هنوز نیامده بودند، ولی پیش از چاشت می‌آمدند. کار هر روزشان بود تلاشی خانه‌ها برای یافتن مردها و بردن زن‌ها.

مادر غمگین بود و اشک می‌ریخت. می‌گفت شنیده است که زنان و دختران را به پاکستان انتقال می‌دهند و از سرنوشت‌شان هیچ‌کس خبر ندارد.

روز گذشته به خانه همسایه آمده بودند. مرد همسایه با پدرم آیت قرآن خوانده

بود. دست‌هایش را بسته بودند و پیش چشم زن و کودکش تیربارانش کرده بودند.

مادر می‌گفت: «وقتی عسکرها خانه‌مان را تلاشی می‌کردند، مردی که هیچ شباهتی به عسکرهای طالب نداشت و آن‌ها به او ژنرال صاحب می‌گفتند، آمده بود و نگذاشته بود که ما را با خودشان ببرند و خوب شد که تو نبودی که لَت می‌شدی و می‌بردند تو را.»

گنجشک‌ها روی کاج همسایه به خواب رفته بودند. از سکوت‌شان پیدا بود که خواب پدرم و مرد همسایه را می‌دیدند که به سفر رفته‌اند. دسته‌ی گنجشک‌ها به یکباره از روی درخت پریدند. صدای فَیر مرمی و جیغ و فریادهای زن و کودک و عسکرها، کوچه را به وحشت انداخته بود. محبوبه از صدای کوبیده شدن دروازه، هراسان بیدار شده بود. آمده بودند برای تَلاشی خانه‌ها.

فریاد قوماندان طالب، با سوزشی که بر صورتم از سیلی‌اش احساس می‌کنم، همراه می‌شود. مزه‌ی خون را در دهانم احساس می‌کنم. گریه‌های محبوبه و فریادهای مادرم را می‌شنیدم که هر لحظه دور و دورتر می‌شد.

قوماندان به عسکرش گفت:

ـ ای بچه‌ی مقبول را رَوان کن به قوماندانی برای نوکری...

•••

شهر دیگر شهر نبود. آسمان هم رنگ آبی نداشت. دسته‌ای از کلاغ‌ها بر روی درخت کاج نشسته بودند و قارقار می‌کردند. شهر سوت و کور بود. خورشید خیلی زود غروب کرده بود و صدای زوزه‌ی سگ‌های گرسنه از کوچه پس کوچه‌های خلوت و ویران شهر، بیشتر و بیشتر می‌شد...

سی‌ام

تلفن را برمی‌دارم و شروع می‌کنم به گرفتن شماره‌ات. دلم برایت تنگ شده است. کاش یک صبح، بعد از بیدار شدن، دلت هوای آغوشم را بهانه می‌کرد. می‌دانم؛ اگر فقط یک بار دیگر با من صحبت کنی. اما تو باز هم جوابم را نمی‌دهی؛ مانند دفعه‌ی قبل و دفعات قبل‌تر...

فکر می‌کنی بعد از رفتنت، من پشت پنجره ایستاده بودم و به تمام خاطرات لبخند می‌زدم؟ اما این طور نیست. آن روز همه چیز مانند یک خاطره تلخ و شیرین بود. آن روز نشسته بودی و سکوت کرده بودی و فقط حرف‌هایم را می‌شنیدی و دلت نمی‌خواست چیزی بگویی.

وقتی تو رفتی، خورشید زودتر از همیشه غروب کرده بود و من همچنان گریه می‌کردم. فردای آن روز فقط گفته بودی که چقدر ناامید شده‌ای و قطع کردی.

شاید اشک‌هایم را ندیده بودی و شاید هم نمی‌خواستی ببینی؛ اما من همیشه اشک‌هایم را در آلبوم دلتنگی‌هایم نگه می‌دارم. تا به حال اشک را از عمق وجودت احساس و درک کردی؟ اصلاً فرق بین اشک خوشحالی و اشک غم را می‌دانی؟

آن روز که در آغوش تو اشک ریختم، اشک‌هایم سرد و سبک بودند؛ اما حالا که تو رفتی، اشک‌هایم گرم و سنگین شدند. وقتی نیستی، سنگینی و درد اشک‌هایم را روی گونه‌هایم احساس می‌کنم. من اشک‌هایم را دوست دارم، چون همدم و مونس‌م هستند و هیچ‌وقت تنهایم نمی‌گذارند. پاک و زلال هستند.

هر وقت می‌دیدمت سعی می‌کردم لرزش دستانم را نبینی؛ اما نمی‌توانستم به تنهایی عادت کنم. گفته بودی بدون من، زندگی برایت معنا ندارد و من اشک‌هایت را پاک کرده بودم.

کم‌کم دارد سردم می‌شود. خورشید کم‌رمق بعدازظهر پاییزی، مانند من کم‌حوصله شده است و دارد زورهای آخرش را می‌زند.

موبایلت را دیگر جواب نمی‌دهی و من هر روز به انتظار دیدنت از پشت پنجره‌ی اتاق، توی حیاط می‌ایستم. گاهی این اصرار احمقانه‌ام، کلافه‌ام می‌کند. حالا دیگر می‌دانم که نمی‌آیی. ساده بودم که حرف‌هایت را باور کردم. آخر چه کسی حاضر است با یک دختر کنچینی، رابطه‌ی عاشقانه برقرار و زندگی کند؟!

این را که می‌گویم، به آینده‌ی نامعلوم و گذشته‌ی سیاهم پوزخندی می‌زنم. سیگاری روشن می‌کنم. دود سیگار را به آرامی در هوا پخش می‌کنم و از پشت دود، دوباره به طرف پنجره‌ی اتاقت نگاه می‌کنم. انگار نمی‌توانم این عادت را ترک کنم. به هوای تو، بازهم بی‌هوا قدم می‌زنم. دلم را بی‌خود خوش کرده‌ام به چیزی که نیست. با صدای قدم‌هایی که می‌شنوم، سرم را برمی‌گردانم. مادرهلنا آهسته‌آهسته نزدیک می‌شود.

ـ تو که نمی‌خواهی تا شب اینجا بایستی تا از سرما یخ بزنی؟!

حالم از دلسوزی‌های دیگران به هم می‌خورد. چراغ‌های حویلی را روشن می‌کند

و به اتاقش برمی‌گردد.

هوا گرگ و میش شده بود و دلم گرفته بود. دیگر از تو بدم می‌آید؛ اگر برای تو،
بودن یا نبودنم فرقی ندارد، ترجیح می‌دهم که نباشم و نبودنم را انتخاب می‌کنم...

سی و یکم

هنوز هم درد را در تمام وجودم احساس می‌کنم. تنم داغ است. خسته‌ام از همه چیز و همه‌کس. از آدم‌های اطرافم. از خودم. از پدرم... نه... از او نفرت و کینه دارم. می‌خواهم جنازه متعفنش را ببینم و بر جنازه‌اش تُف بیندازم. آرزو می‌کنم در یکی از انتحاری‌ها کشته شود و جنازه‌اش تکه‌تکه شود. اصلاً نبینمش، حتی خونش را که روی زمین ریخته است... نه... باید ببینمش و از جان کندنش لذت ببرم.

سرم را روی بالِشت می‌گذارم. دلم می‌خواهد گریه کنم؛ اما دلم سنگ شده است. برمی‌خیزم. عطش دارم و دلم آب سرد می‌خواهد. می‌خواهم خودم را میان حوضچه‌ی حویلی بیندازم. به سوی آینه می‌روم. می‌خواهم خودم را برهنه کنم. چشمانم گود افتاده، رنگ سرخ لب‌هایم محو شده است و به سیاهی می‌زند. دسته‌ای از موهایم را روی شانه‌ام پخش می‌کنم. شال آبی رنگ را روی شانه‌هایم

می‌اندازم و از اتاق بیرون می‌شوم. وودکا می‌نوشم و به نشان صلیب روی دیوار نگاه می‌کنم و باز هم می‌نوشم. گیلاس‌های خالی پر می‌شوند و گیلاس‌های پر... و باز هم می‌نوشم.

وارد حمام می‌شوم. هوس آب سرد دارم. باریکه‌ای از آب سرد، میان سینه‌ها و ران‌هایم جاری می‌شود. تنم مورمور می‌شود. تمام بدنم داغ داغ می‌شود.

بار اول که پدرم مرا به مولوی پیشکش کرده بود، شب سختی را تحمل کردم. فقط خدا می‌داند که چقدر درد کشیدم. هرچقدر جیغ زدم و فریاد کشیدم، کسی به کمکم نیامد. تنها صدای زوزه‌ی سگ‌های گرسنه و هار و سرمستی مولوی مسجد را می‌شنیدم.

دیگر از نزدیکی می‌ترسیدم، حتی شنیدن اسمش و فکر کردنش هم عذاب‌آور بود. عفونت زخم‌های درونم روز به روز بیشتر می‌شد...

شیر دوش حمام را می‌بندم. احساس می‌کنم کمی از حرارت بدنم کم شده است. حوله را می‌پیچم به دور کمرم و به اتاق می‌روم. روی تخت‌خواب دراز می‌کشم و حوله را که زیرم لوله شده بود، می‌کشم بیرون. دیگر آب سرد هم فایده‌ای ندارد. لباس می‌پوشم و موهایم را خشک می‌کنم. گونه‌هایم داغ شده‌اند و احساس می‌کنم آتش می‌بارد. پشتم خیس شده بود. کلکین را باز می‌کنم تا سرمای باد را روی صورتم احساس کنم. سراپا درد شده بودم.

مدتی گذشته بود و من کم‌کم داشتم فراموش می‌کردم آنچه بر سرم آمده بود. پدرم به باخت روی آورده بود و مادر کلان گفته بود عاق می‌کند؛ اگر بساط قمار را در خانه برپا کند.

وقتی کودک بودم، مادرم مُرده بود و بی‌آنکه بدانم قَد کشیده بودم و زیر دست نامادری بزرگ شده بودم.

ای کاش قد نمی‌کشیدم تا مادرخوانده‌ام هر روز شیربها و طویانه‌ام را در مَفکوره‌اش نمی‌پروراند و از مولوی مسجد گرفته تا دُکاندار و تکسی وان، مرا به آن‌ها

پیشکش نمی‌کرد.

تمام سختی‌ها و لَت وکوب شدن‌ها با مرگ نامادری‌ام، شیرین شد و زمستان خوشی را از نبودنش گذراندم. تمام دلخوشی‌ام از وقتی شروع شد که مادرخوانده‌ام مرده بود و مادرکلان به نزدمان آمده بود. آن روزها بعدازظهرها، مابین حویلی سرم را روی دامنش می‌گذاشتم و نگاهم را به آسمان می‌دوختم و همراه پرواز کبوترها تا خال آسمان می‌رفتم و محو می‌شد نگاهم در کوه‌های سر به فلک کشیده‌ی سالنگ. مادرکلان از کوه قاف می‌گفت و از قصه‌های جن و پریان و همه چیز رنگ زندگی به خود می‌گرفت. آسمان، درخت‌ها، آدم‌ها، کوچه‌ها و حتی گرمای خورشید.

پدرم به باخت روی آورده بود و مادرکلان گفته بود عاق می‌کند؛ اگر بساط قمار را در خانه برپا کند.

مادرکلان که مُرد، امیدم را از دست دادم. هر شب آرزو می‌کردم راکت به میان حویلی بخورد و همه‌ی ما زیر آوار تکه‌تکه شویم؛ اما از راکت‌ها هم خبری نبود.

جاوید همیشه به خانه‌ی ما رفت و آمد داشت و پَرخانه‌ی پدرم را می‌گرداند.

بعد از مرگ مادرکلان، پدرم به کابل آمده بود و حویلی کرایه کرده بود و دو زن دیگر را به خانه آورده بود تا هم پرخانه‌اش چالان باشد و هم فاحشه خانه‌اش.

هر وقت چَرس می‌زد، از نگاه‌هایش می‌ترسیدم. هر شب سر و صدای مردها و بوی چرس و دود سِگرت‌ها تا نیمه‌های شب آرامش خانه را می‌گرفت. هر شب جاوید می‌آمد و معلوم می‌کرد کدام یک از زن‌ها برای مهمانداری آماده باشد و تن دهد به ارضای شهوت حیوانی کدام نَفَر و گاهی هر دوی آن‌ها باید مهمانداری می‌کردند. تا اینکه پدرم یک شب برای بار دوم مرا در میدان قمار باخت و من برایش سرمایه‌ای بودم که اگر می‌باخت باز هم مرا در چنگال خود داشت.

جاوید به اتاق آمده بود و به سویم دیده بود و گفته بود:

ـ باید برای امشب آماده باشی.

هنوز از اتاق بیرون نشده بود که گفتم:

ـ برو گمشو بی‌غیرت...

جاوید به من زُل زده بود و گفته بود:

ـ بی‌غیرت پدرته که مرده‌گاوی می‌کند. ماچه خرها، امشب کلتان آماده باشید، بی‌ناموس‌های کَنچینی.

و از اتاق خارج شده بود.

نغمه که لباس نازک به تن داشت، به طرفم نگاه کرد و خندید و گفت:

ـ به خیر نوبت تو هم رسید!

لرزیدم. دیگر همه چیز برایم تمام شده بود. ترسیده بودم. دیگر امیدی نبود و راه نجات و گُریزی وجود نداشت. بوی چَرس و دود سِگرت‌ها و صدای گیلاس‌های عَرَق و صدای خنده و قَهقَهه‌ی مردها درهم آمیخته بود.

سی و دوم

خروس‌های محل شروع کرده بودند به خواندن که من از خستگی به خواب می‌رفتم.

از صدای انفجار و شکسته شدن شیشه‌های کِلکین بیدار شدم. آفتاب به شاخ آسمان رسیده بود. گیج و مَنگ بودم که نغمه با ترس به اتاقم آمد و گفت:

ـ انتحاری کردن...

و مابین حویلی انفجار دوم روی داد. بوی دود و سوختگی به مشام می‌رسید.

نغمه گفت:

ـ بیا وقتشه که بُگریزیم!

صدای جیغ و فریاد مردها از حویلی شنیده می‌شد که به هر سوی می‌دویدند و می‌گریختند.

گفتم:

ـ منیژه؟

نغمه که به طرف زینه‌ها می‌رفت، گفت:

ـ به فکر جان خودت باش.

از پله‌های منزل پایین شدم و به طرف دروازه‌ی حویلی دویدم. موهایم در اطراف سرم پراکنده شده بود. نغمه از پشت سرم می‌دوید تا خودش را به من رسانید. مردم در سَرَک‌ها به طرف‌مان سَیل می‌کردند و گَپ‌ها می‌زدند.

●●●

چند ماه گذشته بود از روزی که آمر حوزه‌ی پولیس، ما را تحویل خانه‌ی اَمن کابل داده بود. نغمه روزهای خوشی را می‌گذراند و من در اندیشه‌ی فرار از جهنمی بودم که پدرم برایم ساخته بود.

چقدر درک شدن دلنشین است. این که گاهی دوستی، همدمی و همراهی باشد که تو را بفهمد و بداند که تو همیشه همان آدم آرام و صبوری هستی که گاهی بی‌حوصله می‌شود. اینکه کسی باشد که بفهمد بی‌حوصله‌گی‌هایت از دلتنگی است، از سر خستگی و بی‌چاره‌گی و به جای تنها گذاشتنت، حرف‌هایت را به دل نگیرد و بماند که آرامشت باشد و آرامت کند. چقدر خوب است کسی باشد که تو را همان طور که هستی بپذیرد و کنارت باشد. در زندگی، آدم با خیلی‌ها حرف می‌زند؛ اما با همه‌شان درد دل نمی‌کند. درد دل کردن؛ مانند جار زدن نقطه‌ی ضعف است؛ مانند خلع سلاح شدن و یک آدم بی‌دفاع، با یک تلنگر، زمین می‌خورد.

همه‌ی حرف‌ها را نباید گفت. همه‌ی اشک‌ها را نباید ریخت؛ اما کسی که تا پای درد دل کردن پیش می‌رود و تمام اشک‌هایش را می‌ریزد؛ یعنی دیگر چیزی برای از دست دادن ندارد...

سی و سوم

موتَر راه می‌افتد و آرش در اندیشه‌ی نرگس است و نرگس چشمش به درختانی است که در دو طرف خیابان قد کشیده بودند و کودکانی که در چهارراهی‌ها پشت چراغ قرمز، گدایی می‌کردند و دیانا به لیست خرید نگاه می‌کرد تا چیزی را از قلم نیانداخته باشد.

رنگ‌های درهم و برهم مارکت‌ها و نورزننده‌ی آفتابی که از برخورد با شیشه‌ی موترهای روبه‌رو، درخشش و انعکاس تند و بی‌قرار داشتند. درختچه‌های وسط بلوار و ساختمان‌هایی که سر به آسمان افراشته بودند، چشم‌هایش را خیره کرده بود و حواسش را از گپ‌های پی در پی آرش دور ساخته بود و او همچنان افتاده بود به گپ زدن و از آیینه‌ی پیش رویش می‌دید که نرگس حواسش به او نیست.

به خنده گفت:

- بریم کافه؟

نرگس وانمود کرد که نشنیده است و خودش را در گذشته‌اش غرق کرده بود و به خیابان چشم دوخته بود.

دیانا گفت:

- ترجیح می‌دهم هرچه زودتر به خانه برگردیم تا غُرلند مادرهلنا را نشنوم.

آرش می‌دانست که رام کردن نرگس سخت‌تر از آن چیزی است که فکرش را می‌کرد.

•••

وارد حویلی می‌شوند. آرش گَپ‌زنان جلوتر می‌رود. به نرگس فکر می‌کرد و به دختران زیبای ارمنی که سرمست از شراب آرنی، در ساحل زیبای دریاچه‌ی سوان، چشم در چشمش دوخته بودند و از گرمای سینه‌های نرم و برآمده‌ی همچون انارشان، مست و سیراب می‌شد.

نرگس حواسش به گپ‌های او نبود. ایستاده بود به تماشای درخت نوئل و خوشحال و سرمست از برآورده شدن آرزویش که برای اولین بار می‌خواست درخت کریسمس را تزیین کند. برایش یک خواب و رؤیای شیرین در بیداری بود.

دکتر گفت:

- نرگس هم اگر دوست دارد، می‌تواند فردا با ما بیاید برای مراسم دعای سال نو. هم دوستان جدیدی پیدا می‌کند و هم به او خوش می‌گذرد.

مادرهلنا رو به دکتر می‌کند و می‌گوید:

- اِدموند! لطفاً فردا با وکیلت صحبت کن تا مراحل اداری سرپرستی و حضانت دائم نرگس را پیگیری کند.

نرگس چراغ‌های حیاط را روشن کرده بود و چشم دوخته بود به آسمان و فکر می‌کرد که نباید به احمد دل می‌بست. دوست نداشت دیگر به او فکر کند؛ اما در دلش می‌گفت: «کاش احمد مانده بود.»

وارد اتاق شد.

دیانا گفت:

- دوست داریم هنگام دعای سال نو، کنارمان باشی.

نرگس خواست حرفی بزند. نتوانست. چشم‌هایش را بست. صدای دریا را می‌شنید. صدای موج‌های خروشان رود سالنگ آشنای قدیمی‌اش که به رنگ سبز بودند، گرم و بی‌قرار. آن طرف‌تر دریای کابل بود که پُر بود از گِل و لای و تعفن و آدم‌های بیچاره‌ای که زیر پُل سوخته‌ی کابل جمع شده بودند و انگار مرده بودند. آرام‌آرام به طرف رود رفت و خودش را به آغوش موج‌های بی‌قرار رساند. صدای دیانا را می‌شنید که می‌گفت:

- جلوتر نرووو...!

رنگ آب به یکباره تغییر کرد. سرد و سیاه شده بود. رود سالنگ درون دریای کابل جریان گرفته بود و نرگس خوشحال بود که میان آب‌های ناآشنا، شنا می‌کند. دیگر صدای آن‌ها را نمی‌شنید. دیگر صدای هیچ‌کس را نمی‌شنید. دوست داشت تا آخر دنیا شناکنان برود و هیچ‌وقت برنگردد.

نامه‌ی تا شده‌ی احمد را بیاد آورد که میان کتاب صد سال تنهایی، بالای اَلماری اتاقش مانده بود. از پشت کِلکین اتاقش مادرکلانش را دید که دست تکان می‌داد و مادرهلنا که همچنان برایش از کتاب‌ها می‌خواند و از رئالیسم سخن می‌گفت.

نرگس گریه می‌کرد میان تاریکی آدم‌ها که ساکت بودند و بی‌حرکت نشسته بودند و بساط قمار و چَرس و عرق خوری‌شان برقرار بود و نغمه که خودش را آماده می‌کرد برای نوبت میهمان داری‌اش و صدای جاوید را می‌شنید که می‌گفت:

- او ماچه خرهای کَنچینی، امشب کلتان آماده باشید.

هنوز هم درد را در تمام وجودش احساس می‌کرد. خسته بود از همه چیز و همه کس و آرزو می‌کرد که پدرش میان آب سرد و گِل و لای دریای کابل غَرق شود که نشسته بود زیر پل سوخته و میان پودَری‌ها و تمام بدنش متعفن بود و کِرم‌ها درهم می‌لولیدند.

شال صورتی‌اش را روی شانه‌هایش مرتب کرد. به نشان صلیب روی سر درِ ورودی خانه چشم دوخته بود.

دکتر می‌خواست حرفی بزند؛ اما تردید داشت. دیانا چشم دوخته بود به دهان نرگس که لب‌هایش هارمونی زیبایی ایجاد کرده بود میان لبخند و سکوت و حرف‌های ناگفته‌ای که پشت لب‌های کوچک و سُرخش پنهان شده بود. نفس عمیقی کشید و به آرامی گفت:

ـ باشد... همراهتان می‌آیم.

و لبخندزنان گیلاس شراب سرخ را از روی میز برداشت...

سی و چهارم

سرنوشت چه عجیب است و جریان یکنواخت داستان یک زندگی چه ظالمانه است و چه شیرین بود نیمه‌های شب که تو آمدی و دستم را محکم گرفتی و گفتی که به دنبالت بیایم!

ماه در آسمان لبخند می‌زد؛ مانند کودکی‌های من یا مانند کودکی‌های تو.

قدم‌هایت را آهسته‌آهسته برمی‌داشتی. هردویمان از دشت گذشتیم و به باغی رسیدیم که پر از درخت بادام بود. صدای زوزه‌ی شغال‌ها از دوردست‌ها می‌آمد و گاهی صدای ناله‌ی جغدی که مرا به یاد آن شب‌های سخت و خوفناک می‌انداخت و حویلی که همیشه بوی چَرس و تریاک می‌داد و صدای قهقهه‌ی مردهای مست بود که سکوت شب را می‌شکست.

مرا به طرف کوه کشاندی و من به دنبالت از کوه بالا رفتم. از بالای کوه،

آبادی را نشانم دادی و خودت ازکوه سرازیر شدی به طرف آبادی. آرام ایستادی. چشم‌هایت پر از اشک شده بود و آهی پر از سوز کشیدی. آبادی بوی تعفن می‌داد وکوچه‌ها لجن‌زار شده بود.

من ندانستم و نپرسیدم؛ چرا؟ ولی به یکباره احساس کردم که تو سال‌ها کوچک‌تر شده‌ای و من احساس کردم که سال‌ها کوچک‌تر شده‌ام.

نیمه‌های شب بود که تو آمده بودی؛ اما حالا آفتاب برآمده بود و به شاخ آسمان رسیده بود.

روی جاده، خون‌های خشک شده دیده می‌شد و جای لاستیک موتَرهایی که شاید چند لحظه پیش‌تر به سوی پاکستان رفته بودند و تو چشم دوخته بودی به انتهای سَرَک و دور شدن موتَر را نگاه می‌کردی. توگنبد فیروزه‌ای شاه مردان را نشانم دادی وگفتی:

ـ آنجا است... نگاه کن!

و من مبهوت خانه‌های ویران شهرگشته بودم. از خانه‌ها دود سیاه به آسمان بلند بود و بوی چربی و گوشت سوخته در هوای شهر ویران پیچیده بود. وارد چهارباغ که شدیم، به دنبال کبوترهای سفید روضه‌ی سَخی گشتم.

باران نَم‌نَم می‌بارید وکوچه‌ها تنگ وگرفته وگِل‌آلود شده بودند و ما میان کوچه‌ای آشنا، جلوی دروازه‌ای نیمه‌باز ایستادیم و به خانه‌ای ویران پای گذاشتیم. انگار صدسال کسی به این خانه رفت‌وآمد نکرده بود. مابین حویلی، درختچه‌ها خشکیده بودند و آب حوض، سیاه و لجن شده بود. گنجشک‌ها روی شاخه‌ی درخت کاج نشسته بودند؛ اما آواز نمی‌خواندند. دروازه‌ی اتاق باز بود و ما وارد دالان شدیم. خانه تاریک بود؛ مانند شب بی‌مهتاب.

تو را در تاریکی خانه گم کرده بودم؛ اما انگار همه جا را می‌شناختم. دفترچه‌ی رَسامی را از روی رَف برداشتم و شروع کردم به وَرَق زدن و با هر بار ورق زدن، هوا روشن‌تر می‌شد و دیگر اتاق تاریک نبود. گل‌های نقاشی شده‌ی میان دفترچه،

جان گرفته بودند و بوی مست‌کننده و عجیبی داشتند و من لبخند خواهرت محبوبه را میان گل‌ها می‌دیدم.

ناگهان باد سردی وزیدن گرفت. گل‌ها به یکباره خشک شدند و محبوبه گریه کرد و من از سرما لرزیدم. یادم آمد که برف زیادی باریده بود و آب حوضچه‌ی مابین حویلی یخ زده بود. یادم آمد که تو نیستی. صدایت کردم...

صدایت آهسته و دور از میان کوچه‌های شهر می‌آمد که با صدای قهقهه‌ی عسکرهای ریش‌دراز و دور شدن موترهایی که به طرف پاکستان می‌رفتند، درهم آمیخته بود و بعد صدایت آهسته‌آهسته نزدیک و نزدیک‌تر شده بود و من می‌شنیدم؛ اما نمی‌دیدم.

پنجره‌ی اتاق باز شد و مادرم را دیدم که همراه زن‌های همسایه نشسته بودند و به دست‌های‌شان حَنا می‌زدند. مادرت نشسته بود مقابل اَلماری و لباس‌های نو و رنگارنگ بیرون می‌آورد و به من لبخند می‌زد. لباس‌ها بوی بهار می‌دادند. کنار مادرت نشستم، ناگهان دروازه را به شدت کوبیدند. هراسان خودم را به آغوش مادرت انداختم تا باز هم بوی بهار را استشمام کنم. مادرت کنار دروازه ایستاد و گفت:

-گل‌ها بوی خوبی دارند.

و شروع کرد به خندیدن و من نپرسیدم که چرا می‌خندد؟!

پشت دروازه عسکرها با پیراهن تنبان‌های چرکین و خون‌آلودشان ایستاده بودند و موترهای کلان‌شان پر بود از دختران و زنان جوان و زیبای شهر که به آسمان چشم دوخته بودند و به پرواز پرنده‌ها افسوس می‌خوردند.

تو ناگهان چهره‌ات پریشان شد و رنگ رویت تغییر کرد. غمگین شده بودی و به یکباره سال‌ها پیرتر شدی و گریه کردی. من هم سال‌ها پیرتر شدم و گریه کردم و تو جای قدم‌های مادرت را بوسیدی.

صدای اذان می‌آمد و آسمان پر شده بود از دود سیاه و بوی گوشت و چربی سوخته که در فضا پیچیده بود.

نیمه‌های شب بود که تو از من جدا شدی و میان سایه‌ی دیوارها گم گشتی و من دیگر تو را ندیدم؛ اما تو شاید مرا از میان شکاف‌های دیوار می‌دیدی.

شاید سال‌های دیگر که تو پیرتر بشوی و من سال‌های دیگر که پیرتر بشوم، هم‌دیگر را در زادگاه‌مان ببینیم و تو پرواز کبوترهای سفید مزار را به دور گنبد فیروزه‌ای شاه مردان، نشانم بدهی...

پایان

واژه‌ها

افراد ملکی = شهروند عادی

الماری = کمد

بوت = کفش

بوجی = گونی

پاک‌کاری = تمیزکاری

تداوی = معالجه

حویلی = حیاط

خریطه = کیسه

رسامی = نقاشی

رف = طاقچه

ژاله = تگرگ

سرک = خیابان

شمالک = نسیم

صدای فیر = صدای شلیک

طویانه = پیشکش عروسی

عسکر = سرباز

قوماندان = فرمانده

کارگر شاروالی = کارگر شهرداری

کلکین = پنجره

کنچینی = روسپی

مادرکلان = مادربزرگ

مرمی = گلوله

مفکوره = فکر

مقبول = زیبا

موتر = ماشین

آثار منتشر شده سید محمود حسینی:

۱- زیر پل سوخته کابل (مجموعه داستان)

۲- زمستان مادرخوانده (رمان)

۳- رگ‌های سرد (رمان)

۴- چشم‌های نجیب (رمان)

۵- جای خالی شهرزاد (مجموعه داستان)، گردآوری

۶- پنجمین شهرزاد (مجموعه داستان)، گردآوری